ベリーズ文庫

天才パイロットは交際０日の新妻に狡猾な溺愛を刻む

葉月りゅう

スターツ出版株式会社

目次

天才パイロットは交際0日の新妻に狡猾な溺愛を刻む

恋々ホールディング

澄んだ春の空に、まだまだ雪が残っている山々がくっきりと稜線を描いている。田舎町を囲むようにしてそびえるその北アルプスを、先ほど一機の飛行機が縫うように飛んできた。きっと、お客様は機内から絶景を楽しんだことだろう。

もうすぐこの松本《まつもと》空港一帯にも桜が咲く。青空と雪山、桜が織り成す美しいコントラストもぜひ見てもらいたいものだ。

〝降旗莉真《ふりはたりま》〟と書かれた職員証を首から提げた私は、開けた管制塔からその景色を眺めてややセンチメンタルな気分に浸っていた。航空管制運航情報官として働く私は、辞令が出されて東京《とうきょう》への異動が決まっており、この塔で仕事をするのは今日が最後なのだ。

大きな空港では航空管制官が無線でパイロットとやり取りをするが、松本空港には管制官がおらず、代わりに航空管制運航情報官が交信を行っている。

運航情報官は管制官とは違って許可が出せないため、風や他機の状況を逐一伝えることで補助をし、離陸と着陸はパイロット自身の判断に任せるのだ。航空機の離発着が比較的少ないところではこういった方法が取られていて、レディオ空港と呼ばれている。

滑走路の監視を続けて数十分経った頃、大先輩である四十六歳バツイチの権堂《ごんどう》さん、通称ゴンさんが管制室の中に入ってきた。ベテラン運航情報官である彼は、硬そうな短髪の頭を掻きながら言う。

「今着いたＨＡ1102便、トイレの水道にちょっとした不具合があって修理中らしい。時間かかりそうだから、それの離陸が今日最後になるかもしれないな」

「そうなんですね、了解です」

「降旗もいい加減に休憩してこい。ここから離れたくない気持ちはわかるけど、昼飯はちゃんと食わねぇとな」

軽く笑うゴンさんも、辞令に従って私と同じく今日でこの空港から去らなければならない。異動に慣れているであろう彼も、内心寂しがっているのは明白だ。

私たち運航情報官は国土交通省航空局の職員であり国家公務員なので、異動は当たり前にある。それはもちろん承知しているけれど、私にとって松本は地元なので、離れるのはより一層寂しい。

親戚のオジサンみたいな気さくさで、五年目の私の面倒を見てくれたゴンさん。この空港から離れるだけでなく、彼と会えなくなる寂しさもひしひしと感じながら、「そうさせてもらいます」と眉を下げて笑みを返した。

今日で最後だし、お昼は売店でなにか買って事務所で皆と一緒に食べようかな。といっても、もう午後二時を過ぎているから皆は食べ終えているだろう。

名残惜しい気分で管制塔を出てターミナルビルへ向かう最中、駐機しているエメラルドグリーンの機体が目に留まった。

その瞬間、私の心は妙にそわそわし始める。あの飛行機に乗ってきたのはおそらく、私にとっていろいろな意味で稀有な存在のパイロットだから。

先ほど無線でやり取りして、この声やしゃべり方はたぶん彼だろうと気づいた瞬間、約二カ月前のワンシーンが頭に蘇ってきて焦った。

私と彼だけの、秘密の出来事——あれを思い出すとドキドキして仕事にならなくなってしまうので、無意識にかぶりを振って掻き消したのだった。

彼のパイロットとしての手腕はかなり尊敬しているし、包容力のある人柄も素敵なのは間違いないのだが、顔を合わせるのは少々気まずい。まあ、仕事中に会うことは稀だから大丈夫だろうけれど。

そう過信して歩いていた時、機体のほうから麗しのパイロットが歩いてくる。その人と視線がぶつかった瞬間、私は目を見開いた。

制帽から覗く目鼻立ちの整った甘いマスク、制服がよく似合う背の高いすらりとした体型、その腕についている金色の四本線。

去年、三十三歳の若さで大手航空会社の最年少機長に昇進した超エリート、相良暁《さがらあか》月《つき》さん。声の主はやっぱり彼だったらしい。

ど、どうしよう、会わないと思っていたのに……！

掻き消したはずの記憶が再び急浮上してきて、思わず足を止めた。私を見た彼も一瞬目を見張り、こちらに歩み寄ってくる。

歩く姿さえも洗練されていて、近づくにつれ心拍数が上がってしまう。そんな私のそばにやってきた相良さんは、ふっと余裕が漂う笑みを浮かべる。

「あれから、俺のこと考えてた？」

無線よりもずっと色気のある生の声で、挨拶をすっ飛ばしてそう言われた。その第一声で辺り一面真っ白な雪の日の情景が瞬時に脳内に映し出され、大きく心臓が飛び跳ねる。

悔しいけれど彼の思惑通り、考えずにはいられなかった。だって、あなたが私のファーストキスを奪ったのだから――。

『君の頭の中、今俺のことでいっぱいになってるだろ』

突然の口づけの後、彼は白い息を立ち上がらせてそう言い、不敵に微笑んだ。それはまるで、過去の恋に囚われた私に、他の男を見ろと暗示をかけるかのように。

冷えた唇に落とされた熱いキスの感覚まで蘇り、私は頬を火照らせながらきゅっと唇を結んだ。

＊　＊　＊

幼い頃から、私にとって空港はとても身近な場所だった。航空ファンの父が、長野《ながの》県松本市にある松本空港の近くで居酒屋を経営していて、空港にも頻繁に遊びに行っていたからだ。

空港周辺はかなりの広さの広場になっていて、アスレチックで遊びながら滑走路の近くで飛び立つ飛行機を見られる。私はあの轟音を恐れることもなく、保育園の頃から喜んで眺めていたらしい。

父の影響もあって当たり前のように飛行機が好きになっていた私は、中学二年生のある日、管制塔の中を見学できるイベントに参加した。それが自分の大きなターニングポイントとなるとは知らずに。

当時、松本空港を担当していたのは、九歳年上の城戸《きど》さんという男性。うちの居酒屋によく来ていた人で、私にも気さくに話しかけてくれたので知り合いだったのだが、彼が働く姿を初めて見て衝撃を受けた。

いつも酔っ払っておちゃらけている姿しか見たことのなかった彼が、真剣な眼差しで、魔法をかけるかのごとく流暢に管制英語をしゃべっている。それがものすごくカッコよかったのだ。

あの時の感動は忘れられない。いつか私も運航情報官になって、城戸さんと肩を並べて同じ場所で働きたい、という夢がいつの間にか芽生えていた。

高校卒業後、必死に勉強してめでたく合格した航空保安大学校《こうくうほあんだいがっこう》に入学。二年間の研修を終え、運航情報官の資格を取ってからも羽田《はねだ》空港や研修センターでみっちりと訓練を積んだ。

そうして運航情報官三年目の春に、なんと運よく希望が叶って松本空港に異動してきたのだ。

ただ、私に夢を与えてくれた城戸さんはすでに松本から異動していた。彼がいないとしても、夢見た場所に自分が立てるだけで気持ちが奮い立った。

地元に帰ってきて、早くも一年と三カ月が経った。七月の現在は、運航情報官四年目の夏に突入したところ。

事務所の職員も、空港業務を行うスタッフもいい人ばかりで、アットホームな雰囲気にすっかり慣れきっている。羽田での仕事も刺激的だったけれど、私には今の環境が一番合っている気がする。

管制塔内で働く職員はごく少数だ。ふたり体制でシフトを回す時も多々あるが、主要な空港と違って夜勤はないし、一日の便数も少ない地方空港ではこれが普通である。

まだ梅雨明けは発表されていないものの青空が覗いている朝、いつものように八時前に到着すると、ターミナルビルに向かって歩いている最中に空港職員の中で一番仲のいいゴンさんと会った。

挨拶をして営業開始前のビルの中に入ったところで、彼は硬そうな短髪の頭を掻きながらなんの脈絡もなく問いかけてくる。

「なあ降旗、お前の願い事はなんだ？」

「えっ。なんですか、突然」

「ほら、今日は七夕だろ」

「あ」

そういうことかと、一階の出発ロビーに飾られた笹の葉を指差されて納得した。空港に来たお客様が自由に書いた色とりどりの短冊が揺れるそれの前で、私はなんとなく足を止める。

願い事か。もっとスタイルがよくなりたいとか、長期休暇を取って旅行に行きたいとかいろいろあるけれど、星に願うのは自分の力だけではどうにもできなそうなことにしたいから……。

「私は……〝幸せな結婚がしたい〟かな」

ずっと前から抱いている願望をなんとなく口にすると、一瞬真顔になったゴンさんがぷっと噴き出す。

「願うほどでもないだろ。タイミングさえあればできるって。降旗はべっぴんさんだし、クールに見えて中身は可愛いし」

「どこがですか」

そっけなく返したものの、社交辞令だとしてもそんなに褒められたら照れてしまう。ローレイヤーを入れたミディアムヘアを意味なく触っていると、にやにやするゴンさんに「そうやって、すぐどぎまぎするところとか」と言われて、余計恥ずかしくなった。

身長は百五十八センチと小柄だが、やや上がり気味の猫目のせいで、見た目は少々きつそうな印象を与えるのだろうと自覚している。全体的な容姿も平凡で、目立つタイプではない。

感情はすぐ表情に出てしまうのでわかりやすいかもしれないけれど、それが可愛いかどうかは微妙だし。

だから今も彼氏はいないのだが、結婚したいと願う理由はそれだけじゃない。

「私たちって、仕事が結婚の足かせになっちゃうじゃないですか。勤務は不規則だし、数年で日本全国どこでも飛ばされるし、それを理解してくれる相手を見つけるのって難しいから」

私たち運航情報官は、管制官と同様に多忙ですれ違い生活になってしまうし、異動もあるので、なかなか結婚できないという話はよく聞く。

でも、難しいからこそ憧れるのだ。毎日とはいかなくても旦那様と一緒にご飯を食べて、休日はデートをして、愛する人との子供を産む。そういう、普通の幸せが続く結婚生活に。

私の両親はとても仲がよく、ふたりに愛情を注がれて育った私も順風満帆な人生を送ってきた。いつか自分も両親のように幸せな家庭を作りたいと、幼い頃から願っているのだ。

しかし、バツイチのゴンさんはもう結婚は諦めているらしい。

「まあな。最初は燃え上がって一緒になっても、後からやっぱり〝思ってたんと違う！〟って言われるんだよ。俺は経験者だからな」

腕を組んで自信たっぷりに頷く彼に、離婚経験は胸を張ることではないと思いますが……と心の中でツッコんで苦笑いする私。

「ゴンさんは飛行機が好きすぎて、奥様に愛想尽かされたんでしょう」

「ああ、『飛行機と私、どっちが大事なの⁉』って野暮なこと聞かれてな……」

「もしや〝飛行機〟って答えたんですか？」

「いや、『そういう質問してくる女は嫌だ』って答えた」

「無慈悲」

女心がわかっていないんだから、と呆れた笑い交じりに脱力した。まあ、それがゴンさんらしいのだけど。

「まあ、俺とお前とじゃ違うからな。降旗は同業者の中から探せばいいじゃねぇか。羽田で研修やってる時、いい感じのヤツいたんだろ？　またすぐできるさ」

歩き出そうとしたものの、心に刺さった棘が今も抜けていない過去の恋が蘇り、一瞬顔が強張った。

その時、私たちの後方から声が聞こえてくる。

「ゴンさん、莉真にとって今のは禁句ですよ～」

そう言うと同時に私の肩にぽんと手を置くのは、航空会社の社員であり旅客ハンドリング業務を行っている親友の茜《あかね》だ。チェックインカウンターから出てきたらしい。

緩く波打つ髪をひとつに纏めた、清純派女優のような透明感ある顔立ちの彼女は、グランドスタッフの制服と首に巻いたカラフルなスカーフがよく似合っている。

いつも明るい彼女に会うと、こちらも元気になる。自然に頬が緩んで「おはよ、茜」と挨拶をした。

一方ゴンさんは、自分の発言のなにがいけなかったのかわからない様子で首をかしげている。それもそうだ、過去の詳しい恋バナは彼にしていないから。

「なんで禁句なんだ……はっ、まさか今のもセクハラ？」

「そういうことにしておきましょう」

茜の適当な返しを真に受けたゴンさんは、「もうなんも話せなくねぇか……？」と深刻そうな顔をした。全然セクハラだとは受け取っていないのだけど。

申し訳ないのでフォローしようとした時、今度は外で作業していた土木技術者の遠《とお》野《の》くんがやってきた。私のふたつ下の二十二歳で、この春松本空港管理事務所に仲間入りしたばかりの新人さん。彼も技術職で採用された公務員だ。

しっかりした体つきにふわっとした髪、そして人懐っこい性格の彼は、私を見つけてぱっと笑顔になる。まるで大型犬みたいな子で、近づいてくるその身体にしっぽが見えそう。

「あ、莉真さん！　誕生日おめでとーっす！」

「遠野くん、ありがとう。よく覚えてたね」

すごく軽い調子でお祝いの言葉を口にするので、嬉しくなりつつも笑ってしまった。

実は七夕が私の誕生日なのだ。茜もくいっと口角を上げて、ゴンさんに向かって得意げに言う。

「これですよこれ、今莉真に言わなきゃいけないことは。二十四歳おめでと！」

「わぁ、ありがとう！」

茜が後ろ手に隠していたプレゼントの包みを差し出し、私は感激して受け取った。

高校の頃からの友達である彼女とは、毎年ちょっとしたプレゼントを贈り合っているのだが、やっぱりその気持ちが一番嬉しい。

私たちのやり取りを見て、ゴンさんが目を丸くしている。

「降旗、誕生日なのか!? なんだよ、言えよ～」

「言いましたよ、去年も」

あなたが覚えてくれないだけでしょうが。と、じとっとした視線を返したものの、別にお祝いしてほしいわけではないし、もちろん怒ってなどいない。

「そうだっけか」と、とぼけて笑うゴンさんは、上機嫌で明るく声をあげる。

「よし。じゃあ、仕事終わったら皆で飯食いに行くか！」

「やったー。俺、イタリアンがいいっす」

「お前のリクエストに応えてどうする」

無邪気な遠野くんにツッコんだ後、彼は私たちにも「予定空けとけよ」と声をかけ、遠野くんと一緒に二階にある事務所へと向かっていく。

茜も乗り気で了解した。アットホームなこの職場では、職種の垣根を越えて繋がりができていて、親睦会みたいなものはわりと頻繁に行われているのだ。

男性陣を見送ると、茜が急に真面目な顔になって小声で問いかけてくる。

「……ねぇ、今日も来たの？ 例の彼から」

なんのことかはすぐにわかり、私は苦笑を漏らして「うん」と頷いた。

〝例の彼〟というのは、さっきゴンさんがいい感じになったと勘違いしていた、羽田空港にある事務所でお世話になった人。その人こそが、私が憧れていた運航情報官の城戸さんだ。

縁あって同じ事務所に配属された時は本当に嬉しかった。担当の管轄が違ったのでそれほど会う機会は多くなかったが、彼に近づけただけで胸がいっぱいだった。

城戸さんに恋をしていると自覚したのもこの頃。勉強ばかりで恋愛から遠ざかっていた私は、再会をきっかけに想いがどんどん膨れ上がって、ついに告白をした。

……彼が既婚者だったとも知らずに。

『俺も好きだよ』と言ってもらえて、本当に夢心地だったのに。後から彼が結婚している事実を知って、私はただ遊ばれていただけなのだと思い知った。

悔しさや罪悪感で押し潰されそうになり、私は城戸さんになにも告げず逃げるようにこちらに異動してきた。しかし彼は、それからも誕生日には必ず【おめでとう】とメッセージを送ってくる。今日も、朝起きてスマホを見ると彼から一番に届いていた。

それだけじゃなく、ふとした時にたわいのないメッセージが送られてくる。私はそっけなく返したりスルーしたりと、気がないことを匂わせているのだが、そのたび彼を思い出して胸が苦しくなってしまう。

私が結婚したくてもできない理由は、職業のせいだけではない。燃え上がった過去の恋で焼け焦げた心が今もそのままで、前に踏み出せていないのだ。

茜にはすべて打ち明けているので、私の心情を察して仏頂面をしている。

「まだ連絡寄越してくるなんて、莉真にしたこと忘れてるのかな。無神経すぎる」

「いや……たぶん、ただ友達感覚で送ってるだけなんだと思う。天性の人たらしだし、マメだから記念日とかも覚えてて祝ってくれるんだよ。恋人や好きな人じゃなくても」

そう、顔もよくノリもいいあの人はとにかくモテていた。男女問わず慕われる人当たりのよさも、仕事になるとガラッと雰囲気が変わって真剣になるギャップも魅力的だったと思う。

だから女友達が多いのも当然だし、どうすれば相手が喜ぶのか、扱いも熟知しているのだ。私にメッセージが来るのもたいした意味はないはず。

茜は心底呆れた様子で「罪な男の典型だね」と言い、私も苦笑を漏らして小さく頷いた。誰に対しても同じことをしているんだろうから、気にするだけ損だよね。

ふと現実に返って腕時計を見下ろし、茜に向かって軽く片手を挙げて「ごめん、また後で」と告げる。ゆっくりはしていられないと足早に歩き出す私に、彼女がピンク色の短冊を手に取って声を投げかける。

「私も短冊に書いておくわ。〝莉真に早く好きな人ができますように〟って」

「いいよ、自分の願い事書きなよ」

階段に向かいながら彼女のほうを振り返り、笑ってそう返した。茜は誠実な彼氏もいてプライベートも順調だし特に願うことはないか、なんて思いながら。

でも茜の言う通り、過去の恋を完全に吹っ切るためには新しい恋をするしかないだろう。わかってはいるけれど現実は難しいな、とため息をつきたくなりつつ事務所へ向かった。

暑い日差しにじりじりと焼けるような滑走路では、普段より多くの飛行機が離発着している。夏の間は客足が多くなるので、期間限定で便が増えるのだ。

それに加え、この空港ではドクターヘリや警察航空隊のヘリも出動するため、この時期は結構忙しない。ゴンさんと阿吽の呼吸で航空機をさばいていく。

今も、夏空の向こうからナビゲーションライトが見えてきた。しばらくすると、爽やかなエメラルドグリーンの機体が目視できる。

《Matsumoto radio, HA280. 10 miles on Final.（松本レディオ、こちらヒノモトエアー280。最終進入コースの10マイル地点です）》

あのエメラルドグリーンの機体、『ヒノモト航空』のチャーター機のパイロットから無線が入ってくる。ヒノモト航空は『日本アビエーション』と並ぶ二大航空会社で、客足が増える時期だけ臨時便を運航しているのだ。

今無線のやり取りをしているパイロット、おそらく副操縦士の彼の声は以前にも聞いた覚えがある。なんとなく若そうな印象で、かついい声なんだよな……と思いながら応答した。

もう一度滑走路を見下ろす。他機やヘリコプター、障害物もなく、動物もいない。風も弱いし、ベストコンディションだ。

ＨＡ280便は順調に進入し、山に沿うように旋回して着陸態勢に入る。その前にもう一度滑走路と風の状況を伝えておく。

「HA280. Runway18, runway is clear, wind 330 at 5.（ヒノモトエアー280。滑走路18、着陸に支障はありません。風は330度から5ノットです）」

《Runway is clear, HA280.（着陸に支障なし、ヒノモトエアー280）》

同じ内容が復唱され、あとは着陸を見守るのみ。

滑走路の端からエメラルドグリーンの機体がゆっくり下りてきて、ほとんど揺れずにランディングギアが接地した。少しだけスモークを上げ、速度を落としながら比較的短めの滑走路を悠々と進んでいく。

完璧な着地だ。離陸と着陸の様子は、毎日見ているのにまったく飽きない。

ほっとしている間もなく、次の指示を出さなければいけない。

「HA280, Taxi to spot 1.（ヒノモトエアー280、駐機スポット一番へタキシングしてください）お疲れ様でした」

パイロットを労うひと言をつけ加えるのは、自分の中で習慣になっている。今日も当たり前のように告げると、指示を復唱された後、穏やかな声色で《ありがとうございました》と返ってきた。

こうして挨拶をするだけでほっこりする。パイロットと顔を合わせる機会は滅多にないから余計に。

この交信を終えたところで、私もようやく休憩に入る。時刻は午後一時過ぎだ。

お昼休憩は、職員が働く事務所か、空港内にある一般の定食屋でするのがお決まり。羽田や成田《なりた》のように広い空港ではないので社員食堂はなく、お客様に交ざってランチをすることが多い。

しかし、今日のような忙しい日はのんびりと休んでいる時間はない。売店で軽食を買って済ませよう。

つい最近、長野限定のご当地缶コーヒーが発売され、ターミナルビルの売店でもそれが並んでいる。ゴンさんも気になっているらしいから買っていってあげようかな。

パンと一緒に珍しいデザインの缶コーヒーをふたつ購入して売店を出たところで、ちょうど遠野くんと鉢合わせした。「お疲れ」と挨拶していると、チェックインカウンターの奥にある航空会社の事務室からパイロットがふたり出てくる。

なにげなくそちらを見やった私は、イケオジの機長ではなく、三本ラインの肩章がついた制服に身を包む副操縦士の男性に目を奪われた。その若さと外見のよさに、無意識に見入ってしまう。

目鼻立ちのはっきりしている顔が美しく、かつきりりとした男性らしさを感じる。脚もすらりと長くて、制帽から覗く襟足までもが完璧。

おそらく事務室でブリーフィングをしていたのだろう。今の時間から察するに、先ほど到着したヒノモト航空のチャーター便のパイロットである可能性が高い。つまり、私が声を交わしていた彼だ。

あんなドラマに出てきそうな人がいたんだ……と注目していると、同じほうを見ていた遠野くんがこそっと耳打ちしてくる。

「ヒノモト航空のあのコーパイさん、まだ三十三歳なのに機長目前らしいっすよ。次、試験に受かったら昇格だって」

「そうなの？　すごすぎ……！」

驚きであんぐりと口を開けたまま、若きエリートコーパイを眺める。

機長になれるのはだいたい四十歳前後だと言われているのに、三十代前半でその域に達しているとは。

「ていうか、なんで遠野くんそんなに詳しいの？」

「カウンター業務のお姉様方が騒いでたんで」

「あー、なるほど」

納得して頷いた。あの容姿でパイロットだもの、そりゃあ女性陣は放っておかないよね。二次元のイケメンが大好きな茜でさえも目の保養にしているだろう。

かく言う私も目が離せなくなっていたものの、遠野くんが「じゃ、仕事戻ります」と告げたので笑顔で彼を見送った。私も事務所へ行こうと足を踏み出した時、こちらに向かってくるパイロットふたりの会話が聞こえてくる。

「まだ少し時間あるから、コーヒーでも飲んでいくか」

「そうですね。俺が買っていきますから、先に戻っていてください」

「悪いな。ありがとう」

機長が先に関係者だけが使う階段のほうへ向かい、コーパイの彼がこちらの売店に向かってきたかと思うと、六歳くらいの男の子が「パイロットさーん！」と駆け寄ってきた。ひとりだけじゃなく、後から双子らしき男の子と女の子もやってくる。

「あのぅ、どうやったらパイロットになれるんですかー？」

「ぎゅうにゅうのめばいい？」

「ねえ、ママがしゃしんとりたいってー」

さすが子供にも大人気で、わらわらと周りを囲まれた。しかも同時に質問してくるので私は目をぱちくりさせるも、彼はおかしそうに噴き出して「待って待って」と皆を落ち着かせる。

そして子供たちの目線に合わせてしゃがみ、穏やかに微笑んで話し始める。

「じゃあ、ひとりずつお話するね。まずパイロットになるには、牛乳を飲むのも大事だけど……」

親切に質問に答える彼に心が和み、私も口元が緩んだ。

折り返しの便に乗るまでのインターバルの時間は決して長くなく、自分の休憩もあまり取れないくらいなのにこうして子供たちの相手をしてあげるなんて、優しい人なんだな。

そうこうしているうちに母親らしき女性が勢いよく走ってきて、「ちょっと目を離した隙に～すみません！」と謝って子供たちを引き離す。

何度も頭を下げる女性にも嫌な顔ひとつせず、子供たちに手を振っている姿はまさに神対応。感心しきりで見つめていたら、ようやく解放されて再びこちらにやってくる彼と視線がぶつかった。

反射的に「お疲れ様です」と挨拶すると、彼も私の職員証を見て同じように会釈を返してくれる。

「お疲れ様です。……情報官？」

「あ、はい。あなた方のフライトもしっかり見守らせていただいてます」

こんな風に、無線じゃなく面と向かってパイロットと話をするのはいつぶりだろう。

貴重な機会に胸を弾ませつつ、ふと思いついてビニール袋の中からふたつの缶コーヒーを取り出す。

「これ、今売店で買った長野のご当地コーヒーなんです。よろしければどうぞ。機長さんにも」

このコーパイさんはコーヒーを買いに来たのだから、渡しても問題ないだろう。ちょうどふたつあるし。

ヒノモト航空は、大手にもかかわらず便数の少ない地方空港にも就航してくれているので、個人的にとても好感度の高い会社だ。その感謝も込めて差し上げたい。

しかし当然ながら、突然見知らぬ私にコーヒーを差し出されたコーパイさんはキョトンとしているので、簡単に説明しておく。

「すみません、さっき機長さんと話しているのが聞こえたので。それだけじゃなくて、こんな地方空港にも来てくださっているお礼に」

私が感謝することじゃないんだけど、と心の中でツッコむと、彼がクスッとおかしそうに笑った。

「いいんですか？　あなたの分なのに」

「ええ、私はいつでも買えるので」

って、パイロットは忙しいというのに、こんなやり取りをしていたら時間の無駄じゃないか。そう反省したのもつかの間、大きな手がこちらに伸びてくる。

「じゃあ、お言葉に甘えて。ありがとうございます」

綺麗な笑みにドキリとすると同時に、快く受け取ってもらえてほっとした。

改めて間近で見ると、本当に文句のつけどころがない人だ。百八十センチくらいの高身長で、切れ長の目にはそこはかとない色気を感じるし、声も無線で聞くより甘くて素敵。

また見入ってしまいそうになる自分が、なんだか不真面目な気がして視線を下げると、〝相良暁月〟と書かれたネームプレートが目に入った。

彼も、私と同様に名前を覚えたらしい。

「降旗さんはやっぱり思いやりがある人なんだな」

突然そんな風に言われ、「え?」と声が裏返った。まるで以前から私を知っていたみたいな言い方に、ぽかんとしてしまう。

「無線を聞いている時から素敵な人だと思っていたんだ。いつも一緒に飛んでいるような感覚になる情報官は、あなただけだから」

思わぬ言葉にドキリと心臓が鳴り、目を丸くした。

運航情報官は日本全国に大勢いるのに、こうして会う前から私の声を覚えていたっていうの? しかも素敵だなんて、一体なぜ……。

「天候や他機の情報を、すごく的確に教えてくれるでしょう。パイロットの気持ちをよくわかっているなって感心していた。俺も操縦を任せてもらう時があって、松本空港は進入経路が特殊だからアプローチは少し緊張するんだけど、あなたの声を聞くと安心できる」

魅惑的な瞳にまっすぐ見つめられてそう言われると、胸の奥が急に騒がしくなり始める。嫌なざわめきじゃなく、高揚している。

「会えて嬉しかったよ。いつもありがとう。復路もよろしくお願いします」

凛々しい笑みと共に軽く頭を下げられ、私も喜びを露わにするのを抑えられない。

「はい……！　お気をつけて」

明るい笑顔で返すと、相良さんは小さく頷いて一歩を踏み出す。階段のほうへ颯爽と歩いていく彼の背中を見送りながら、私は胸の高鳴りを感じていた。

運航情報官はその名の通り情報を伝えるのが主な業務だから、管制官と似た仕事をしていても地味で目立たない存在だろう。自分ではいい仕事をしたと胸を張りたくなる時も、褒められるどころか、その頑張りを理解してもらえることが少ないと思う。

当然、パイロットからあんな言葉をかけてもらえたのも初めてに近いので感激する。私の声を聞くと安心できる、だなんて。

この仕事をやっていてよかったと、心から思う。これからも精一杯パイロットのサポートをしようと改めて誓うと共に、相良さんのことも応援したい。

ひとつ思い立ち、事務所へ向かう前に笹の葉の前に置かれたテーブルへと足を進める。ヒノモト航空の機体と同じエメラルドグリーンの短冊を見つけ、ペンを走らせた。

茜がこれを見たら、今朝の私みたいに〝自分の願い事書きなよ〟ってツッコむんだろうな。

松本空港は日本の中では一番標高が高く、〝日本一空に近い空港〟だとも言われている。そのご利益が少しでもあることを願って、笹の上のほうに短冊の紐を結ぶ。

【優しいコーパイさんが機長昇格試験に合格しますように】

笹の葉にささやかな願いをぶら下げ、清々しい気分でターミナルビルを後にした。

――その祈りが功を奏したのかはわからないが、相良暁月さんが最年少で機長になったという噂が届いたのは、盆地特有の暑い夏と、一日の寒暖差が激しい秋が過ぎた頃だった。


それからあっという間に新年を迎え、周りの山々は白く雪化粧している。お正月気分が抜けた一月後半の今日は、夕方になって雪がちらちらと舞い始めた。航空機に影響はなかったが、予報ではまだ雪が続くようなので明日の朝が心配だ。

業務を終えた後、暗い夜空から白い結晶がはらはらと落ちてくるのを事務所の窓から眺めて呟く。

「明日、積もらないといいけど」

「ですね。早朝のランウェイチェックから雪掻きは嫌だなー」

隣にいた遠野くんも外に目をやってぼやいた。彼らが毎朝行っているランウェイチェックという滑走路の確認も、雪が降った日は確かに大変だ。

私たちの間に、帰り支度を整えたゴンさんも入ってくる。

「そこまでひどくはならないと思うがな。つーか、遠野はそれが仕事だろうが」

「俺、コタツと大親友なんで離れたくなくて……」

「若者がなに言ってやがる」

ふたりのいつもの調子に笑いつつ、私もバッグを手にする。遠野くんも帰れるようなので、まだ残っている職員に挨拶をして三人で一緒に事務所を出た。

そばにあるお土産屋には、この時間はほとんど人がいない。が、今日はこちらに背を向けて品物を眺めている男性がいる。

「よぉ、お待たせ」

その男性に突然声をかけるゴンさんにギョッとした私は、こちらを振り返った彼を見てさらに驚愕した。さらっとした黒髪の、美しく凛々しい顔立ちのこの人は……！

「あれっ、イケメンコーパイ……じゃなくて、キャプテン」

「相良さん⁉」

私と同様に驚く遠野くんと、ほぼ同時に声をあげた。今日はフライトではない麗し

のパイロット様が、なぜここに⁉

　呆気に取られていると、彼は穏やかな笑みを湛えて「どうも。皆さんお疲れ様です」と会釈した。ブルゾンにハイネックニット、ブーツを合わせたカジュアルな私服姿もカッコよすぎる。

　固まる私たちに、ゴンさんが思い出したように言う。

「そういえば、お前らも知ってるんだったな。この業界じゃ相良は有名人だから」

「ゴンさんは相良さんと仲いいんですか？」

「まあな。俺が静岡《しずおか》でやってた頃、でっかい親睦会みたいなのがあって。そこで知り合ってから時々連絡取ってたんだよ」

　そうだったんだ……まさか繋がりがあったとは。気を遣わない間柄らしいことが、ふたりが話す様子から伝わってくる。

「今日はプライベートでこっちに来るって言うから、じゃあ機長昇格祝いでもしてやろうかと思ってさ。昼間はスノボしてたんだろ？」

「ええ。連休なんで久々の息抜きに、松本に住んでる友人と。そいつが夜都合が悪くなったって話をしたら、ゴンさんが誘ってくれて」

　相良さんってスノボもできるんだ。それすらもイケメン偏差値を上げるな……。機長になって一、二年は忙しいと聞くけれど、ちゃんと仕事とプライベートのメリハリをつけているっぽいし尊敬する。

遠野くんが「すげー、雪の上でも飛べるってことっすか！」とうまいのかどうなのか微妙な返しをして、ゴンさんも笑って言う。

「せっかくだから皆で一緒に飯食いに行くのもアリだな」

「いいですね。俺は構わないですよ」

思わぬ方向に進む話にぴくりと反応を示すと、ゴンさんが私たちに問いかける。

「お前らどうする？」

「「行きます！」」

遠野くんと声を揃えて迷わず答えた。相良さんと一緒に食事ができる機会なんて、最初で最後かもしれないもの。パイロットの話をいろいろ聞いてみたい。

「よーし。じゃさっそく行こう。いざ〝シエラ〟へ！」

「ちょっ⁉」

わくわくしていたのもつかの間、ゴンさんが口にした店名に引っかかってしまった。

シエラは私の両親が営む、こぢんまりとした居酒屋。いつものメンバーで飲むなら一向に構わないけれど、相良さんもいるならもっといいレストランとかにしたほうがいいのでは？

「なんでウチなんですか」

「近い、安い、うまい。三拍子揃ってるから」

それはまあ保証しますけど……と言おうとするも、相良さんが興味深げに私を見つめてくる。

「降旗さんの家って料理屋？」

自然に苗字を呼ばれ、夏に一回会ったきりなのによく私の名前を覚えていたな、と驚きつつ頷く。

「あ、はい。居酒屋をやってまして……」

「そうなのか。行ってみたいな」

純粋な笑顔でそう言われて断れるわけもなく、ゴンさんが「はい、決定」と言ってさっそく歩き出した。

空港から徒歩十分の場所にあるシエラには、私は自転車で、男性陣はお酒が飲めない遠野くんの車で向かうことになった。お店からさらに十分ほど歩いたところに私の実家があるので、毎日自転車で通勤している。

シエラは山小屋やペンションのような外観で、一見居酒屋のようには見えない。中に入ると木のぬくもりを感じる内装になっており、窓際やレジの周りなど至るところに飛行機や戦闘機のフィギュアが飾ってある。父の趣味全開だ。

カウンターの中には小柄で口髭を生やした父と、父より若干背が高くスレンダーな母がいて、笑顔で私たちを迎えてくれる。

「莉真、おかえり。皆もいらっしゃい」

「ちょっと、見たことのないイケメンくんがいるわよ⁉」

目を輝かせてはしゃぎだす母にも、相良さんはあの神のような微笑みで「はじめまして。とても素敵なお店ですね」と、またしても完璧な対応をしていた。

空港を出る前に一応連絡しておいたらふたりとも大歓迎で、ちゃんとボックス席も確保してある。私と相良さんが並んで座り、それぞれの飲み物と一品料理をいくつか頼んだ。

乾杯の後、今さらながら自己紹介がてら仕事の話や、今日のスノボの話を聞いたりしたところで、ふと相良さんが私に問いかけてくる。

「この店の名前を聞いた時から思ってたけど、シエラってもしかしてフォネティックコード？」

「そうなんです。父が航空ファンなので」

私は含み笑いして、他のお客様に料理を出している父に目をやった。

フォネティックコードというのは、BとD、MとNなど、発音が似ているアルファベットを無線で聞き間違えないようにするため使われる特別な呼び方のこと。航空無線ではBはブラボー、Dはデルタといった風に呼ぶ。

シエラはSを表す。Sを選んだ理由は、母の名前のイニシャルだからだそう。

「親父さんすげぇよな。フィギュアもこんなに集めて。これとかプレミアもんだぞ」

「ガチ勢っすよね」

ゴンさんが出窓に飾られた機体を指差して言い、遠野くんもまじまじと見ていた。

相良さんはビールのグラスに手を伸ばしつつ、穏やかな表情で頷く。

「なるほどね。だから君も〝莉真〟なのか」

「その通りです」

「いい名前だ」

私の名前もLを表すフォネティックコードの〝リマ〟から取っている。が、なんだか名前を呼び捨てにされたような気がしたのと、彼の落ち着いた笑みにドキッとしてしまったのは秘密だ。

相良さんの下の名前は、確か暁月だったよね。それも空に関係しているけれど、どんな思いが込められているんだろう。

「相良さんのご両親も、空が好きだったりしますか？　〝暁月〟って、きっと〝暁の空に見える月〟っていう意味ですよね」

なにげなく聞いてみると、ごくりとビールを飲んだ彼が一瞬動きを止めた。不思議に思い、小首をかしげて彼を見つめる。

「……ん、まあそんなところかな」

グラスを置いて答える彼は、口角は少し上がっているものの伏し目がちな瞳に冷たさを感じる。あまり話したくなさそうに見えるし、もしかしてタブーだっただろうか。

しかし、気になったのは私だけらしく、ゴンさんたちが普通に話し始めるとすぐに相良さんの様子ももとに戻っていた。

気のせいかな、と自己完結して私もビールに口をつける。航空関係者ならではの話で盛り上がるにつれて、お酒もどんどん進んでいった。

一時間ほど経った頃、空いた食器を下げに来た母が、ものすごくフレンドリーに相良さんに声をかける。

「ねえねえ、相良くんってパイロットなんですって？　ぜひ莉真をお嫁にもらってやってくれないかしらー」

「っ、はぁ⁉」

「ああ、パイロットなら誰でも大歓迎だ」

「それでいいの⁉」

母に続いて父も乗り気になっているので、私は焦りつつツッコみまくる。ふたりとも、私に男っ気がないからって勝手なことを……！

お酒が回って顔を赤らめているゴンさんも、にやにやして相良さんを見やる。

「言われてるぞ、相良」

「いいんです、聞き流してください」

すかさず皆の声を追い払うようにしっしっと手を振ると、相良さんがおかしそうに笑った。お酒に強いのか見た目は全然変わっていないが、すっかり打ち解けて心を許したような笑顔を見せている。

そこで、遠野くんがテーブルにずいっと身を乗り出して質問する。

「でも、実際どうなんすか？　パイロットってめちゃくちゃモテるでしょう。まだ独身なのが信じられない」

それは私もずっと不思議に思っている。ハイスペックな職業に就いているだけでなく、容姿は抜群で性格もよさそうなのに、なぜいまだに独り身なのか。

女性が放っておかないはずなのに、と私も気になって注目していると、相良さんは一度宙に目線をさ迷わせてから口を開く。

「俺は……」

彼がなにかを言おうとした時、出入り口のドアが開いて男性客がやってきた。そちらに目をやったゴンさんたちが「社長！」と声をあげる。

どうやら知り合いらしく、ゴンさんと遠野くんは渋々といった調子で腰を上げる。

「悪い、ちょっとだけ外すわ」

「すみません。あの人、付き合わないと後で絡まれるんで」

苦笑交じりに小声で言うゴンさんたちに、相良さんは「どうぞ。こっちはお気になさらず」と快く返した。ふたりがカウンターのほうへ移動し、私と相良さんはまるでカップルシートに座っているみたいな状況に。

ちょっぴり緊張はするものの気まずさなどはなく、むしろもっと深い話をしてみたいという好奇心が湧いてくる。

「あの、迷惑じゃなければ聞いてもいいですか？　さっきの続き」

なにを言おうとしたのかが気になるので蒸し返してみると、彼はどことなく含みのある笑みを浮かべて口を開く。

「俺は、結婚はするもんじゃないと思ってるよ」

表情とは裏腹に冷めたひと言が放たれ、私は目を見張った。

「え……どうして？　彼女はいないんですか？」

「いないし、いらないね」

「はっ、もしや特定の人を作らないタイプ？」

「まさか。パイロットっていう肩書きだけで寄ってくる女性を相手にしても、得られるのは一時の快楽くらいだ。時間の無駄だよ」

微笑んでいるのに発言はわりときつくて、私は無意識に若干身を引く。

この人、意外にも腹黒い？　仕事中はすごく紳士的だし、今日いろいろと話してみても穏やかで物腰の柔らかい人だなという印象だったけれど、今はまた違った一面をかいま見た感じ。

でも、やっぱり数多の女性が寄ってくるのは確かなのね……と、呆気に取られる私に、相良さんが問いかける。

「降旗さんは結婚したい？」

急に矛先がこちらに向き、とりあえず正直に答える。

「そりゃあ、したいですよ。七夕の時、短冊に書こうか迷うくらいには」

「神頼みしなくてもできるだろう。まだ二十四歳だって言ってたよな？」

「年齢の問題じゃないんです。ただでさえ情報官は生活が不規則で結婚となるとデメリットが多いのに、私の場合は恋愛自体するのが難しくて」

超個人的な問題をポロッとこぼすと、相良さんは焼き鳥をつまんで思議そうに私を一瞥する。

「なにかあったのか？」

「なにか……ありましたねぇ、羽田にいた時……焼け焦げて食べられたもんじゃなくなった初恋が」

忘れられない人の記憶が蘇ってきて、いい焦げ目がついた焼き鳥を眺める私の目頭が急激に熱くなってくる。

「くぅぅ〜〜」と情けない声を出してテーブルに突っ伏すと、相良さんがギョッとした調子で「降旗さん？」と呼んだ。

戸惑いつつ私の背中に手を当てる彼に、カウンターのほうからゴンさんが声を投げかける。

「あー、酔っ払いモードに突入した。相良、適当に付き合ってやって」

「全然顔に出ないから、たいして酔ってないのかと」

「急にスイッチが入ったみたいにそうなるんだよ。泣き上戸になったり、ケンカ腰になったり」

ふたりの会話が耳に入ってきて、私って面倒くさい女だな……とさらに自己嫌悪に陥る。醜態をさらしたくもないのに、身体が重くて思うように動かない。

「話してごらん。焦げを除いて食べれば消化できるかもよ、その初恋」

大人の余裕を感じさせる落ち着いた声でそう言われ、簡単に心が揺れ動く。

酔っているのもあって、今ならどんどん語れちゃいそう。彼とは滅多に会うことはないから、あれこれ打ち明けても支障はなさそうだし。

私は突っ伏したまま顔を相良さんのほうに向け、潤んだ目でとろんと見上げる。

「……誰にも言わないでくださいね？」

「もちろん。俺だけの秘密にしておく」

彼も同じようにテーブルの上で腕を組み、ゆるりと口角を上げて囁く。その吐息交じりの囁き声と〝秘密〟という単語に妙にドキドキしつつ、お言葉に甘えて吐き出させてもらうことにした。

お互いに身体を寄せ、さっきよりも明らかに近い距離で密かに話し始める。

「私、ここに来てたお客さんが情報官として働いている姿を見て、めちゃくちゃカッコいい！と刺激を受けたのがきっかけでこの道を目指したんです。彼と同じ景色が見たくて」

今でもあの時見た城戸さんの姿は鮮明に蘇ってくる。

出会った時、彼は今の私と同じくらいの年齢だった。私は中学生だったからものすごく大人に感じたけれど、愛嬌のある笑顔をよく見せていて少年らしさも感じる人だった。

「年の離れたお兄ちゃんみたいな存在でした。ノリのいい人だからくだらない話で盛り上がってばかりだったけど、ちゃんと勉強も教えてくれて。彼が松本空港で働いていた時は、その無線を聞いて憧れていました」

城戸さんが松本空港にいたのは私が高校二年の頃までだったが、その間に運航情報官になるためにはどうしたらいいかたくさん話を聞いた。苦しい勉強も頑張れたのは、『いつか絶対、一緒に管制塔に立とうね』という彼の言葉が原動力となっていたからに違いない。

「数年間は会えなかったけど、私が情報官になって二年目に彼が羽田に異動してきたんです。部署は違ったけど、また会えるようになって嬉しかった。その時にはもう完全に憧れが恋に変わっていて、私が告白したんです。『俺も好きだよ』って言ってもらえて、本当に夢みたいでした」

　自分の想いを受け止めてもらえて、相手も同じ気持ちであることがどれだけ幸せか、その時に初めて知った。ずっと憧れていた人から女として愛してもらえる――そう信じて疑わなかった。

「私にとっては彼が初恋で、恋愛には疎かったから、好きって言われた時点で付き合えるものだと思っていたんです。時々デートっぽいこともしたし。でも……盲目だったんですかね。半年くらい経った頃に、彼が結婚していることを知りました」

　声のトーンを落としてテーブルに置いた手をぐっと握ると、相良さんは目を見張った。その顔が、若干軽蔑するように次第に強張る。

「既婚者だったのか……。その彼は、浮気にならないようにあえて付き合おうと言わなかったんだろうな。君が誤解しているのもわかっていたと思うが」

「ですよね、私も同意見です。最低ですよ」

　悪態をつき、ロックの梅酒をぐいっと呷った。悔しさが蘇り、また鼻の奥がツンとしてくる。

　城戸さんがそういう人だと知ってから、不思議と女性関係の噂があれこれ耳に入ってくるようになった。どうやら彼は昔から浮気性だったらしい。確かに女友達は多かったから想像に難くなかったのに、あえて考えないようにしていたのかもしれない。

「一線を越えるようなことはなにもなかったけど、彼と出かけてしまっただけで後悔しました。奥様に申し訳なくて。悪いのはあの人だけじゃなくて、浅はかだった私もいけないんです。もう自分がバカすぎて、虚しくて仕方なかった……」

奥様の立場だったら、いくら身体の関係を持たなかったとしてももちろん嫌だろう。彼が私に手を出さなかったのは、奥様に対して罪悪感があったからだと思う。それに気づかなかった自分は愚かすぎる。

深いため息を吐き出してうなだれると、相良さんの手が頭にぽんと乗せられる。

「既婚者だとわかってすぐに潔く諦めたんだろ？　それでも離れられない人もいる中で、君は奥さんの気持ちもちゃんと汲むことができている。そんなに自分を責めなくていい」

慰めの言葉と共に優しく頭を撫でられ、溢れそうになる涙をぐっと堪える。何度も泣いたから、もうたくさんだ。

まつ毛についた雫を拭い、気持ちを落ち着けてから再び口を開く。

「その頃ちょうど異動願いを出せるタイミングだったので希望を出しました。松本への異動が決まってなにも言わずに離れたんですけど、今もメッセージが送られてくるんです。未練はまったくないのに、どうしても彼を忘れられなくて困っちゃいますよ。早く吹っ切りたいのに……」

新しい恋愛をしたくてもあの人の姿が頭から離れないし、無意識に彼と比べてしまったりもする。そもそも出会いも少ないのだけれど。

相良さんは「なるほどね、そういう事情か」と納得したように頷き、ウイスキーが入ったグラスをゆっくり動かしながら言う。

「君が彼を吹っ切れないのは、その恋を捨てたくないと心のどこかで思っているからなんじゃないか？　長い間大事にしていた恋だと、焼け焦げているとわかっていても捨てるのには勇気がいるだろうね」

彼の言葉がすとんと胸に落ちてきて、確かにそうかもしれないと思わされる。忘れられないのは城戸さんのせいじゃなく、自分のせいなのだと。

「でも、それじゃきっと一生結婚できない。君も俺と同じだ」

淡い琥珀色の液体の中で氷がカランと音を立てると同時に、それを見下ろす彼が若干嘲るような調子で言った。

ぴくりと反応した私は、じとっとした目で彼を見やる。

「同じじゃーありません。私はねぇ、まだ結婚に夢持っててんですから」

完全に酔っ払いの口調で言い、残りの梅酒を飲み干した。ゴンさんの言った通り、なぜかケンカ腰になりつつあるな……。

グラスをコンッと置く私を、相良さんは不可解だと言いたげな顔で見てくる。

「どうして夢なんて持てるんだ？　相手を縛るだけの契約に」

彼は純粋に疑問を投げかけてきた。本当に結婚をわずらわしく思っているようなので、私も聞きたくなる。

「逆になんでそんなに拒絶するんです？」

なにか理由があるのだろうかと質問返しをすると、相良さんは視線を宙に浮かべる。数秒考えを巡らせた後、「俺の父みたいに、誰かを束縛したくないから」と切り出し、ぽつりぽつりと話し始める。

「父は昔気質で厳格な人だったから、俺たち家族は自由に好きなことをさせてもらえなくてね。そんな生活に嫌気が差した母は男を作って出ていったし、決して幸せな家庭じゃなかったから、結婚にいいイメージが持てないんだ」

昔話をするように語られたものの、内容は結構ヘビーなものだった。

彼の瞳は、さっき一瞬かいま見えたのと同じ冷たい色をしている。名前の由来について濁したのも、ご両親の事情のせいなのかもしれない。

きっと私には想像できないような苦労があったのだろう。両親の影響は大きいし、それで自分の価値観が変わるのもわかる。でも……。

「だったらなおさらです。結婚しましょう」

相良さんを見つめて力強く言うと、彼は目を丸くした。数秒の間を置き、彼は片手で軽く頬杖をついて私を見つめてくる。

「今のはプロポーズ？」

どこかセクシーな笑みを浮かべてそう言われ、自分の発言がやや問題だったことに気づいた。かあっと顔を熱くし、手のひらを向けて全力で否定する。

「あっ、いや、決してプロポーズではなく！」

「なんだ、少しドキッとしたのに」

余裕そうに口角を上げている彼に、絶対ドキッとなんてしてないでしょ……と心の中でツッコんだ。からかわれて余計に恥ずかしい。

気を取り直して、お揃いのエプロンをつけた両親に目線を向けて自分の考えを話す。

「私はあのふたりを見て育ったから、結婚はいいものだと信じてるんです。相手を縛るものじゃなくて、寄り添い合って幸せを倍にできるものかなって。確かにいろいろと制限されるし、面倒なことも多いだろうけど、それをふたりで乗り越えたら唯一無二の絆ができると思うんです」

現実はそんなに甘くないかもしれないが、誰かと一緒に生きていく努力はしてみてもいいんじゃないだろうか。独身のままでいる選択ももちろんアリだけれど、彼のように家庭環境のせいで諦めているならもったいない気がしてしまう。

「お父様の影響で、ひとりでは得られない幸せを逃すとしたら悔しくないですか？素敵な家庭を作って、お父様を見返しちゃいましょうよ」

あっけらかんと笑ってみせると、彼は〝そんな風に考えたことはなかった〟と言いたげな意外そうな顔をした。

話しているうちにひとつの考えがひらめき、そのまま口にしてみる。

「夫婦関係って、私たちの仕事と似ている気がします」

「仕事と？」

「そう。情報官とパイロットみたいに、お互いを信頼し合って同じ目的地に着くのを目標にして進んでいく。そういう関係になるんだと思えば、夫婦も悪くないでしょう」

うまいことを言えた気がして、自画自賛したくなりつつ微笑んだ。

真面目に私の話に耳を傾けていた相良さんも、ふっと口元を緩める。

「……じゃあ、俺たちは相性がいいかもね」

　そのひと言にドキリとして目を見張ると、彼はパイロットの時と同じ真摯な表情で言う。

「少なくとも仕事上では、俺は降旗さんを誰よりも信頼している。君とだったら、どんなフライトも完璧なものにできる気がする」

　思いがけずとびきりの褒め言葉をもらい、じわじわと胸が熱くなった。

　初対面の時から、彼は思いのほか私を高く評価してくれているみたいだけれど、ブラックな部分を秘めているっぽい彼だから上辺だけの言葉かもしれない。だとしても、仕事で認めてもらえるのは単純に嬉しい。

　喜びの表情を隠せなくなる私に、彼がさらに続ける。

「それだけじゃなくて、感謝もしてるよ。俺が試験を頑張れたのは君のおかげでもあるから」

「え？」

　試験って？と首をかしげると、相良さんはなにやらポケットからスマホを取り出す。数回タップとスクロールをして、「これ」と画面を見せてきた。

　そこに映し出されているのは、笹に飾りつけられた一枚の短冊をアップで撮った写真。【優しいコーパイさんが機長昇格試験に合格しますように】と、私が去年の夏に書いたものだったので、驚きすぎて思わず口元に手を当てて叫ぶ。

「えぇっ、なんで⁉」

「ゴンさんが撮って送ってくれていたんだ。『俺の後輩も応援してたぞ』って。嬉しかったから、これをお守り代わりにしてた」

相良さんは懐かしそうに目を細め、写真を眺めた。

そういえばあの後、短冊を見たゴンさんと〝これを書いたのは誰だ？〟って話になって、正直にいきさつを教えたっけ。『本人が知らないのもったいねぇな』と呟いていたけれど、まさかこっそり送っていたとは。

しかも大事な試験のお守り代わりにしてくれていたなんて、思いがけない事実に心が温まる。

「自分の願いより人のことを優先するのも、君の素敵なところだと思うよ」

こちらに優しい目線を向けられ、恥ずかしさと共に嬉しさが込み上げる。こんな風に甘い言葉をかけられるのは、慣れていないからすごく照れてしまう。これもお世辞かもしれないけれど。

胸の熱さが顔にまで広がってきて、「あ、ありがとうございます……」と縮こまってお礼を言った。

すると、賑やかな声が耳に入ってきて現実に引き戻される。ゴンさんたちが席に戻ってきたのだ。

相良さんがすっと身体を離し、私たちの距離が近づいていたことを改めて実感する。ふたりでの秘密の会話はとても濃密で、私の鼓動はしばらく鳴りやまなかった。

飲み始めて二時間半ほど経った頃、そろそろ帰らないと明日に響くということでお開きになった。

ゴンさんは遠野くんが車で送り、相良さんは市街地のほうのビジネスホテルに泊まるというのでタクシーを呼ぶ。私は自転車をシエラに置かせてもらい、両親と一緒に帰るつもりだ。

支度を整え、両親に挨拶をして皆で店を出ると、辺りは三センチほど雪が積もっていた。

「気をつけて！」と声をかけて遠野くんの車を見送り、相良さんとふたりでタクシーを待つ。彼のスノボ用品一式はすでに宅配便で自宅に送ってあるらしく、ボストンバッグをひとつ持っているだけで身軽だ。

この辺りは街灯が少ないが、雪のおかげでほんのり明るい。芯から冷えるような寒さのおかげで酔いが一気に覚めていく。

「……静かだ」

彼の口から、白い息と共にぽつりとひと言がこぼれた。私も、毎年冬になると同じことを思う。

「不思議なんですよ。田舎の夜はただでさえ静かなのに、雪が積もるといろんな音も吸収されたみたいに気にならなくなるんです。この世界に、自分しかいなくなったんじゃないかって思うくらい」

車も人も通らず、ただ真っ白な雪に覆われた深夜の町。このしんと静まり返った別世界のような雰囲気も好きなので、辺りを見回して口元を緩めた。

相良さんは私を一瞥し、柔らかな笑みを浮かべる。

「なんとなくわかる。今はこの世界にふたりきりだな」

静かなせいか、自分の心臓の音がとても大きく鳴ったような気がした。

確かに、今ここにいるのは私と相良さんだけ。でも、プライベートの彼との気を遣わない空気感も心地いい。だからこそ、今日は彼の意外な一面をかいま見たり、私も素をさらけ出せたりしたのだろう。

ふたりでいるのも悪くないなと思い、自然に笑みがこぼれた。

雪で遅れているのかタクシーがまだ来ないので、ブーツの踵を上げたり下げたりして寒さをやり過ごしていると、今しがたの相良さんの言葉でふと思う。

「世界にふたりだけか……。そのくらい強制的に他の男性を見るような状況になれば、私も新しい恋ができるのかもなぁ」

その人しかいないとなれば否が応でも意識するだろうし、ずっと見ているうちに好きという感情も生まれるかもしれない。まあ、そんな状況になるのは不可能だけど。

我ながらしょうもない考えだなと自分に呆れて小さく笑うと、視線を感じて隣を振り仰ぐ。私を見下ろす彼の、妙に真剣さを感じる瞳に捕まり、なぜか目を逸らせなくなった。

「強制的に他の男を見る方法、試してみる？」

そんな方法があるの⁉と目を見開いた直後、相良さんの雰囲気が微妙に変わった気がした。危険な男らしさみたいなものを感じる彼の、大きな手が伸びてきて私の頭を支える。

次の瞬間、整った顔がみるみる近づいてきて――柔らかな唇が、私のそれと重なり合った。

視界いっぱいに、まつ毛を伏せた綺麗な顔が映る。なにが起こっているのか理解が追いつく前に、その顔はスローモーションのように離れていく。

「…………え？」

目を見開いたまま固まる私の口から、まぬけな声がこぼれた。目の前の彼は、まだ息がかかるくらいの距離で妖艶に微笑む。

「男を意識する方法は、こういうのもあるよ」

ま、まさかのキス⁉

まったく予想もしなかった展開で唖然とする私に、相良さんは不敵に口角を上げる。

「君の頭の中、今俺のことでいっぱいになってるだろ」

すべてを見透かすような言い方。悔しいかなその通りで、どんどん顔が熱くなっていく。

誰にも触れられていない唇が、まさかこんな形で奪われるなんて！　相良さんも好きじゃない相手とキスしていいの⁉　確かに、今はあなたのことしか考えられなくなっているけど……！

脳内パニック状態の私の頬に、彼のほんのり温かい手が添えられた。私を見つめ続ける瞳に再び危うい色香が漂い始め、鼓動が激しさを増す。

流されてはいけないと思うのに、どうして身体は本気で拒否しようとしないのか。

「さ、相良さ──」

二度目のキスを予感し、せめてもの抵抗で彼の胸に手を当てたその時、車の音とライトに気づいてはっとした。ふたりきりの世界から、現実に引き戻される。

相良さんは屈めていた体勢を少し戻し、親指で私の唇をそっと撫でる。

「唇、冷たい。もう中に戻りな」

優しい声色で言う彼の顔を、そばに来たタクシーのライトが明るく照らし出した。その表情は穏やかだが、危ういものを隠し持っているようにも見える。

彼は棒立ちになったままの私から離れ、「今日はありがとう。おやすみ」と声をかけてタクシーに乗り込んでいく。私はぎこちなく会釈して「おやすみなさい……！」と返すので精一杯だった。

ゆっくり走り去る車を見送りながら、今しがたのキスの感覚を蘇らせ、唇にそっと指を当てる。彼も言った通り冷たいのに、内側がじんじんと熱く感じる。

タクシーが来ていなかったら、きっと続きを受け入れていた。好きでもない人とキスなんてできるはずないと思っていたのに、嫌じゃなかった。それどころか、今も胸が高鳴って仕方ない。

「なんで？　やばい……」

頑なに動かなかった心がぐらぐらし始めている自分も、好意があるわけでもないのに唇を奪えてしまう彼も、どうかしている。

寒さも気にならないほど動揺する私は、しばらくひとりで頭を抱えていた。

＊　＊　＊

約二カ月前の雪の日、私のファーストキスを奪った彼は、パイロットの姿で再会した途端に色気のある声で問いかける。

「あれから、俺のこと考えてた？」

今もキスの感覚がまざまざと蘇る唇をきゅっと結び、頬が火照るのを感じながら目を逸らした。

この人の思惑通り、強引に他の男性を意識させる方法は効果てきめんだった。あんなに城戸さんのことでいっぱいだったスペースに、相良さんがするりと入り込んできたのだから。

それは恋に落ちたわけではなく、ただ初めてキスをされたのが衝撃的だったからなのだろう。とはいえ、これまで城戸さん以外の男性について考えることはほとんどなかったからすごいことだ。

私は目を逸らしたまま、やや口を尖らせて答える。

「考えるに決まってますよ。は、初めて、だったんですから……」

あえて〝なにが〟とは言わなくても、相良さんはすぐ察したらしい。しかし、悪びれることもなく「大きな第一歩だな」と満足げにしている。

この人にとって、キスはたいして特別な行為じゃないんだろうか。結婚願望はなくても過去に彼女はいただろうし、なんか手練れな感じもするし、意外と遊んでいたりして……。

そんな風にあの日から何度も考えていたわけだが、今日は彼との記憶を掻き消して仕事に臨んでいる。

「でも、さすがに今日はあなたのことばかり考えてはいられません。ここで働くのも、今日が本当に最後なので」

そう。ここ松本空港は、明日からリモートでの管制に切り替わる。新千歳《しんちとせ》空港にある対空センターから遠隔で監視して無線交信も行うため、管制塔は無人となるのだ。

運航情報官が必要なくなるので、私は再び東京へ、ゴンさんは北海道《ほっかいどう》への異動が決まっている。

もうこの松本空港の管制塔に立つことはない。ここ数週間は、この日が来てほしくなくてずっと気持ちが沈んでいた。

「ここの管制塔に立つのを目標に今までがむしゃらにやってきたようなものだったから、別の場所に行っても頑張れるのかなって、正直不安なんです。いつかは離れなきゃいけないって当然わかっていたのに」

　思い入れの強い特別なこの場所で働きたいという、ひとつの夢を叶えて満足してしまったのかもしれない。それに、ここは気のいい人ばかりで居心地がよすぎた。なにかあった時、家族や職場の仲間とすぐに共有できる場所だったし、皆と離れるのが本当につらい。

「けじめがつけられていいんじゃないか。いつまでもここにいたら、君が綺麗なまま残している幻想の彼に囚われたままだ」

　今日で私たちがここから去ることは、相良さんももちろん知っているのだが、冷静に厳しめなことを言われ少々ムッとしてしまう。的を射ているので余計に。

〝幻想の彼〟というのは城戸さんのことだ。確かに、異動は彼を吹っ切るいい機会なのだろうが、〝綺麗なまま残している〟というあたりに若干の嫌みを感じる。

「……相良さんって、実はちょっと意地悪ですよね」

「気づいた?」

いたずらっぽく口角を上げる彼に、自覚あるんだ、と心の中でツッコんだ。

基本的には紳士的で、包容力も安心感もある人だと思うけれど、やっぱりキスされたあの日から優しいだけじゃない一面が見え隠れしている。

でも、彼の前ではなぜか本音を吐露してしまうのだ。

「あなたの言う通り、ここから離れたほうがいいんでしょうね。ただ、無性に不安で……」

あの管制塔に立つと、城戸さんと出会って運航情報官を目指し始めた当時のきらきらとした気持ちに包まれていられた。それが仕事をする上でのモチベーションにも繋がっていたから、生きがいがなくなってしまいそうな気さえする。

でも、そんなの仕事には関係ない。これからも運航情報官として働いていく限り、同じ場所に留まり続けることはできないのだから慣れていかなくては。

少しの沈黙の後、私の心情をすべて察した様子で相良さんが口を開きかける。私はそれを咄嗟に遮った。

「すみません。自分が甘ったれなのは重々承知しているので、なにも言わないでください」

しっかりしろ、と自分を奮い立たせて背筋を伸ばす。彼は少し目を丸くした後、ふっと口元を緩めた。

「慰めてあげようと思ったのに。それもいらない？」

「お気持ちだけで」

軽く頭を下げて遠慮する私に、彼はクスッと小さく笑って頷いた。

こういう時、素直に受け取ったほうが可愛げがあるんだろうな……なんて思いつつ、気持ちを切り替えるために話を変える。

「それより、今日は相良さんが無線担当ですか？　さっき交信してましたよね」

先ほどの無線から聞こえてきたのは、おそらく相良さんの声だろう。本来なら機長である彼が操縦して副操縦士が無線を担当するはずだが、今日は逆だったらしく彼は頷く。

「ああ、着陸はね。コーパイが機長昇格間近で信頼できる人だし、今日はコンディションもいいから任せてみた。でもこの分だとだいぶディレイしそうだから、離陸は俺が操縦すると思う」

「そっか、暗くなりそうですもんね」

先ほど、ＨＡ1102便のトイレの水道にちょっとした不具合があり、修理に時間がかかりそうなので復路の離陸が今日最後になるかもしれないという旨を聞いた。午後六時頃には日が落ちるし、いい条件が揃わないと副操縦士には操縦を任せられないのだろう。

ということは、相良さんと交信するのはさっきが最後だったのか。もう一回やり取りできると思ったんだけどな……。

伏し目がちになる私を、慰めるような笑みを浮かべた彼が覗き込む。

「そんなに寂しそうな顔するなよ。無線より、こうやって顔を見て直接話すほうがよくないか？」

確かに直接話すに越したことはないのだが、空の上でも繋がっていると感じられるあの瞬間も好きなのだ。というか、寂しそうにしているのがバレバレだったのが恥ずかしくて、ふいっと目を逸らす。

「……それとこれとはまた別なんです」

「声フェチ？」

「そういうわけでは！」

たわいのないやり取りでやっと自然に笑えた時、おそらく相良さんより年上であろう副操縦士の男性が「キャプテン！」と呼んだ。不具合で待機時間が伸びたとはいえ、お互いにのんびりはしていられない。

「すみません、お忙しいのに。失礼しまし――」

慌てて頭を下げ、ターミナルビルに向かって足を踏み出した直後、ぐっと手首を掴まれた。

驚いて振り返った先には、凛々しいパイロットの顔になった彼がいる。

「最後の交信、君の声で聞かせて」

真剣さを感じる彼のひと言に、爽やかな風が吹き抜けたかのように胸の奥がざわめいた。


それから、事務所にも常に流れているゴンさんとパイロットとの交信を耳に入れながら、遠野くんや他の職員さんたちと楽しく軽食をとった。茜も隙を見てわざわざ会いに来て、「あと少しだけど頑張ってね」と励ましてくれた。

元気をチャージして管制塔に戻った私は、腕組みしてパソコンの情報を見ているゴンさんにお伺いを立てる。

「ゴンさん。HA1102便、私が担当してもいいですか?」

「ああ、もちろん」

快く了承した彼は、駐機している機体を見下ろして言う。

「今日のパイロット、相良なんだってな。あいつも降旗のほうが喜ぶよ。前に『誰よりも信頼できる』って言ってたから」

ゴンさんにもそんなことを？　どうしてそんなに私を信じられるのかわからないけれど、嬉しくないはずがない。

ちょっぴりくすぐったくて俯く私を、彼がにやにやして見てくる。自分の口も緩んでいたのに気づいて、すぐに表情を引きしめた。

その後も順調に業務は進み、いよいよ今日最後の離陸が始まる。三時間ほど遅れたものの不具合はしっかり直ったようなので、安心して見送ろう。

プッシュバックしたエメラルドグリーンの機体が、滑走路の端へ移動を開始した。午後六時の空は、太陽の名残りで山際が朱く染まっている。

「HA1102. Runway 36, runway is clear. Wind 350 at 10.（ヒノモトエアー1102。滑走路36、離陸に支障はありません。風は350度から10ノットです）」

《Runway is clear, HA1102.（離陸に支障なし、ヒノモトエアー1102）》

副操縦士の声が聞こえてくる。このお馴染みのやり取りも、ここでするのは最後。寂しさをひしひしと感じながらも無線を握り、高度八千フィートを超えたら通報するよう声をかけた。

エンジンの出力が上がり、轟音を響かせて灯りが灯った滑走路を走り出す。相良さんが操縦桿を握る機体は、滑走路を長めに使ってふわりと浮き上がり、無事にテイクオフした。

夕闇が迫る空にナビゲーションライトが遠ざかっていく。達成感と喪失感が入り交じったような気持ちで見送っていると、ＨＡ1102便から無線が入る。

《Matsumoto radio, HA1102. Leaving 8000.（松本レディオ、こちらヒノモトエアー1102。高度八千フィートを通過しました）》

その交信を聞いた瞬間、はっとした。

さっきまでと声が違う……これは絶対に相良さんだ。もしかして、離陸の操縦が終わって機体が安定したから担当を変えた？

瞬時にそう察しつつ、とりあえずいつものように返す。

「HA1102, roger. Contact Tokyo control 132.45.（ヒノモトエアー1102、了解しました。132.45MHzで東京コントロールと交信してください）」

交信を東京コントロールに移管する。これで私たちの業務は本当に終わりだ。

ひとつ息を吸い、最後に伝えようと思っていた言葉を日本語で続ける。

「松本レディオは本日で管制塔業務を終了します。明日からはリモート空港としてよろしくお願いいたします。長い間、ありがとうございました」

　この無線はパイロットだけではなく、事務所でも、受信機があれば一般の人も聞くことができる。堅苦しい挨拶だけれど、皆に届いていたらいいなと願う。

　直後に、HA1102便から返答が来た。

《松本レディオ、ありがとうございました。いつもあなたの声に助けられていました。これからも、どこへ行っても応援しています》

　――相良さんからの、予想外のメッセージ。

　最後に《Good Day.》と温かな声がかけられた瞬間、見開いた目に一気に熱いものが込み上げた。

『最後の交信、君の声で聞かせて』と言ったのも、わざわざ操縦を代わったのも、もしかして自ら私を励ますために？　そんなの……感激するに決まってる。

　景色が涙でぼやけ、より綺麗にゆらめく灯りを映しながら「Good Day……！」と返した。

　無線を切った途端、いろいろな思いと共に涙が溢れて止まらなくなる。子供みたいに泣く私の隣で、ゴンさんが呆れたようでいてどこか嬉しそうな笑みをこぼす。

「キザなことするなぁ、あいつ。つーか、俺にもなんか言えよ」

冗談半分、本気半分といった調子でぼやくので、泣きながら笑ってしまった。

差し出された箱ティッシュをありがたく使わせてもらい、きっと不細工に違いない顔で涙交じりに言う。

「ゴンさん……私、やっぱりこの仕事が好きです」

きっかけは城戸さんだったけれど、彼がいなくてもこの世界はとても輝いている。パイロットのために精一杯のサポートをし続けたい。それが私の目標だと、相良さんが改めて実感させてくれた。

鼻をかむ色気のない私の頭を、彼はごつごつとした手でくしゃっと撫でる。

「東京に行っても頑張れそうか?」

「はい」

もう迷わずに答えられた。引きずっていた苦い恋の迷路からも、きっとすっきりと抜け出せる……そんな気がした。

ゴンさんは安心したように微笑んで頷く。

「まあ、なにかあったら俺も会いに行ってやるよ。北海道からでも、空を飛べばすぐだからな」

頼もしい言葉にまた涙腺が緩みそうになるも、なんとか堪えて笑顔で前を向いた。

空は繋がっているとよく言うけれど、今日ほど感じたことはないかもしれない。松本空港の皆、家族、そして相良さんとも、離れていても繋がっているんだ。

この場所で感じた始まりと終わりの瞬間を、私はいつまでも忘れはしないだろう。

本能的テイクオフ

　四月に入って数日、いよいよ東京への引っ越しを翌日に控えた今日、最後に茜とランチをすることにした。

　ゴンさんや遠野くんとももちろん送別会をして盛り上がったけれど、やっぱり女子だけの時間もゆっくり取りたい。というわけで、市街地まで足を伸ばし、おしゃれなカフェでまったりしているところだ。

　茜はカフェモカが入ったグラスを手にソファに背を預け、ちょっぴり羨ましそうに言う。

「私も聞きたかったなー、相良さんの無線。莉真だけに向けて特別なメッセージをくれるなんて贅沢すぎ！」

　改めて言われると照れくさくて、私は黙々とランチプレートのラザニアを口に運ぶ。

　最後の交信は事務所の人たちもばっちり聞いていて、後で散々冷やかされた。なにも知らず仕事をしていた茜は、後で話したらめちゃくちゃ興奮していたのだった。

　ここ数日は引っ越し準備に追われていてあまり余韻に浸る暇もなかったのだが、彼の声を思い出すと胸がときめく。素直に嬉しかったから。

「ある意味、職権乱用かもだけどね……」

「それ言ったら、機内アナウンスでのプロポーズもアウトになっちゃうじゃん」

「あ、確かに。数年前にいたんだっけ、日本アビエーションでCAにプロポーズした機長が」

「超ロマンチックだよね～。ほんとに日本人かな!?」

茜の言葉に笑いつつ共感していると、彼女は急に真面目な面持ちになり、テーブルに身を乗り出してくる。

「東京に行けば相良さんに会える可能性が今より断然高くなるんだから、しっかり仲を進展させるんだよ」

力強く言われるも、私は複雑な気持ちになる。

茜にだけは、相良さんにキスされたことを打ち明けた。彼女はずっと恋愛面で一歩を踏み出せなかった私を心配していたから、私たちが親密な仲になるのを期待しているのだ。

相良さんが拠点にしているのは東京。こちらではほとんど会えなかったから、確かにこれから会いやすくはなる。

でも連絡先も知らないし、そもそも彼は私に城戸さん以外の男性を意識させる方法を実践してみただけだ。

「いや、彼はそんな気はないだろうし、私だって……」

「初恋をこじらせてる厄介な女に、さらに面倒になるのわかっててキスまですると思う⁉」

「ひどい言い様」

私のことディスりすぎ……と口の端が引きつるけれど、茜の言うことは間違っていない。

あの彼が見境なく誰にでもキスするような人だとはやっぱり思えない。かと言って、私に好意を抱いているとも思えないから悶々としているのだ。

難しい顔をしていると、茜はまっすぐ私の目を見つめて切実そうに訴える。

「とにかく、彼のキスを無駄にしちゃ絶対ダメ。せっかく昔の恋を吹っ切れそうなんだから」

彼女の言う通り、あれ以来城戸さんのことを考える頻度は確実に少なくなってきているので、一応「はい」と頷いた。

キスを無駄にしないためにどうすればいいのかはわからないが、とりあえずまた会える機会があったら無線のお礼を言おう。

「それと、城戸さんは大丈夫なの？　まだ羽田にいるんじゃなかったっけ」

茜に問いかけられると同時に、口に運んだマリネの酸っぱさが広がる。

彼女の言う通り、今回の異動で城戸さんとの件が悩みのひとつだった。

彼はあれからも異動しておらず、私の移動先である東京空港事務所に勤務しているらしい。同じ担当になる可能性は低そうだが、顔を合わせるのは避けられないだろう。

「うん……まさか自分が出戻りになると思わなかったから困ってる。でも部署は違うかもしれないし、あんまり会わないように祈っとくよ」

「だね。とりあえず、どうなったかまた報告して」

茜はさっぱりとそう返したものの、表情を切なげに変えてひとつため息をつく。

「明日から、莉真もゴンさんもいないなんてめちゃくちゃ寂しいけど、私も頑張る」

気持ちを奮い立たせるように言う彼女につられて、私も気合いを入れ直す。「月一で帰るつもりだから、またすぐ会えるよ」と茜だけでなく自分自身も励まし、ランチを終えるまで明るい話題で盛り上がった。


昨日、両親共々寂しさを振り切ってお別れし、いざ東京へとやってきた。四月でも稀に雪が降る松本とは違い、もう上着はいらないほど暖かい。すでに桜の木も緑が多くなってきている。

新居は、またいつ転勤になるかわからないし、金銭面も考えて寮に入ることにした。五階建てのマンションで、築年数は経っているがまあまあ綺麗だし、1Kの部屋はひとりで暮らすには十分な広さだ。

引っ越した当日は部屋の片づけで一日が終わり、今日からいよいよ出勤する。

午前七時五十分、春らしいベージュローゼのリネンジャケットにクロップドパンツを合わせた、いつものオフィスカジュアルな服装で羽田空港へ。新天地である東京空港事務所は、管制塔に隣接した庁舎の中にある。

指定された場所に向かうと、私の上司になる添田《そえだ》さんという女性とまず挨拶をした。髪はシニヨンスタイルで紅いフレームの眼鏡をかけている、おそらく三十代後半の小柄な彼女。笑顔を見せないクールな女性なのだが、「よろしくな」と男前に挨拶されてちょっとときめいてしまった。

カッコいい彼女に案内されてやってきたのは、まるでデイトレーダーの部屋のようにたくさんのディスプレイが並ぶフロアの一角。窓の向こうには羽田空港の滑走路や実物の飛行機が見えるが、映像には別の飛行場がリアルタイムで映し出されている。

今日から私はこの映像を見ながら、他飛行場援助業務というものを行う。ここが管轄している離島、三宅島《みやけじま》や八丈島《はちじょうじま》などの空港に離発着する航空機に対して、遠隔で情報を提供するのだ。

つまり、今度は私がリモート管制を行うということ。情報を提供するのはこれまでと同じだが、管制塔から実際に滑走路周辺を見られるわけではないので感覚はまったく違う。

研修でやって以来なので緊張しつつ添田さんの後をついていくと、その先にディスプレイを監視しているひとりの男性の後ろ姿がある。

彼が一緒に仕事をする仲間だろうか、と思った瞬間……。

「城戸！」

添田さんが呼んだ名前に、私はぎくりとした。直後、こちらを振り向いた彼と目が合い顔が引きつる。

う、嘘っ……まさか、一緒に働くの⁉

「このエリアはしばらくふたりで担当してもらう。城戸とは面識があるんだってな」

添田さんの隣に並んだ彼——城戸拓朗《たくろう》さんは、当然ながら私が来ることを知っていた様子で、にこりと愛嬌のある笑顔を浮かべた。

「二年ぶりだね。久しぶり」

「お、お久しぶりです……」

めちゃくちゃ顔を強張らせて頭を下げ、遠慮がちに彼を見上げる。

緩いウェーブを描くふわっとしたヘアスタイルは、二年前から変わっていない。中性的な顔立ちや爽やかな声も、もちろん昔のままなのだけれど、なんとなく胡散臭く感じてしまうのは彼の女癖の悪さを知ってしまったからなのだろう。

あまり直視できなくてすぐに目を逸らした。添田さんは私のぎこちなさを緊張のせいだと思っているのだろう。特に気にした様子はなく、淡々と告げる。

「レディオで援助業務やってたならすぐ慣れると思うけど、わからないことがあったら私や城戸になんでも聞いて。こいつ、ティッシュくらい軽い男だけど仕事はできるから」

「添田さん、ティッシュは言いすぎ」

フランクにツッコむ城戸さんは、相変わらず上司とも仲がいいみたいだ。信頼もされているし、こういうところは本当にすごいと思う。

紹介を終えると、添田さんは城戸さんに「あとはよろしく」と声をかけて、運航援助を行っているデスクのほうへ忙しなく歩いていく。ふたりになって数秒後、まさかの展開で沈黙する私に、彼の甘い声が届く。

「会いたかったよ、莉真ちゃん」

定型文のような美辞麗句。誰にでも言っているのだろうと思うのに、動揺してしまう自分が憎い。

「……確かにティッシュは違いますね。塵くらいじゃないと」

「いつの間にそんな毒舌に」

ずーんと沈んだ顔をする私の第一声に、彼はギョッとしていた。昔から遠慮のないかけ合いをしていたとはいえ、私は好意丸出しで塩対応ではなかったから。

しかし彼はたいして気にせず、あの頃と同じ爽やかな微笑みを浮かべる。

「元気そうで安心したよ。俺も松本で一緒に働きたかったな」

初めて城戸さんが働く姿を見た瞬間の、強烈なときめきが蘇ってきて胸が締めつけられる。

彼と両想いだと思い込んでいた頃の記憶は正直消し去りたいけれど、あの時の光景はきっとずっと忘れられない。

「昔、城戸さんに教えてもらったことを思い出しながらやってきました。もうあの場に立てないのは寂しいけど、最後に自分が見守れてよかったです」

素直な気持ちを伝えると、彼も懐かしそうに目を細める。

「目をきらっきら輝かせて『どうやったら運航情報官になれるんですか？』って聞いてきた君が、今立派に一人前になってるんだもんな。俺も嬉しいよ」

……城戸さんも覚えていてくれてるんだな。感慨深そうに言われて、嬉しさと切なさが込み上げる。

胸がいっぱいになるのを感じながらまつ毛を伏せた。見下ろした先には航空機とのやり取りを記したログと呼ばれるメモがあり、城戸さんの走り書きが残されている。

そこに書かれた時刻を見ると、もうすぐ三宅島にセスナが到着するようだ。

「ここでは初心者同然なので。城戸さんのお手本を見せてください」

「だね。仕事終わったらゆっくり話そう」

いや、それは遠慮したい……と内心思ったものの、城戸さんは飛行場の映像と風の情報を確認して無線のマイクを手に取る。スイッチが入ったようにすっと変わる彼の横顔と、紡がれる管制英語を久々に耳にしてまた複雑な気持ちになった。

普段は軽いのに仕事になると途端に真剣になる、この姿に私は惹かれたのだ。うっかり恋心が復活してしまわないよう、彼からモニターへと目線を移す。

この彼と一緒にいて、私はきちんと仕事に集中できるのだろうか——。

なんとか雑念を振り払い、リモート管制に早く慣れることだけに意識を向け、早くも三日が経った。

仕事を終えた今、どっと疲れが押し寄せている。明日の休みは寝て過ごそうと目論みながら、羽田空港の第一ターミナル駅を目指して空港内を歩いている……のだが。

「ねえ莉真ちゃん、せっかく一緒に退勤したんだし夕飯おごらせてよ」

私と歩幅を合わせて歩く城戸さんに食事に誘われ、残りの体力が余計に減ってきている。もうこれ以上頭を悩ませたくないので、笑みを作ってきっぱりと断る。

「すみません、疲れてるんで」

「疲れた時は美味しいご飯を食べるのが一番。歓迎会も兼ねてどう？」

「ならまた今度、添田さんと皆で行きましょうよ」

いやいや、それよりまず大きな問題があるじゃないかと、足を止めてキッと彼を見上げる。

「ていうか、ふたりきりはダメに決まってるでしょう。城戸さんには奥様が――」

「もういないよ」

間髪を容れず返ってきたひと言に、私は口をつぐんで目を見開く。

「去年、離婚したから」

城戸さんはやや冷たい表情できっぱりと打ち明けた。

確かに結婚指輪をしていないが以前からそうだったので、仕事中はつけない主義なのだろうと思っていた。予想していなかったこの事実には、さすがに動揺してしまう。

行き交う人の中で立ち尽くす私に、彼は向き直って苦笑を漏らした。

「やっぱ知ってたんだね、俺が結婚してたこと。君がなにも言わずに松本に行ったのもそのせい？」

核心を衝かれて言葉に詰まる。でも、曖昧にしたままでは吹っ切ることもできないだろうし、この際腹を割って話そう。

「……奥様がいるくせに、いろんな女性と仲よくしているってわかったからですよ。後輩のユカちゃんとか、先輩のミナコさんとか。アスカさんとは奥様にバレて修羅場になったって聞いてますけど」

「さすがにアスカちゃんのはデマだから」

デマなのはアスカさんだけかい！と心の中でツッコんだ。

この人の浮気癖は本物だったんだなと、半ば呆れ気味で眉をぐにゃりと歪める私。

ところが、城戸さんはどこか浮かない表情で伏し目がちになる。

「いろいろ事情があってね。あえて結婚してるって言わなかったのは事実だし、本当に悪かったと思ってる。でも、莉真ちゃんに嘘はついてないから」

彼の瞳がこちらに向き、約二年前の苦い記憶が脳裏をよぎる。

私の告白に対しての『俺も好きだよ』という返事も、嘘だったとは思っていない。ただ、好きの種類が私のものとは違っていただけで。

それに、今の口ぶりからすると城戸さんにもなにか事情があったようだが、今となってはどうでもいいこと。ぐっと手を握り、思い切って突っぱねる。

「今さらそんな風に言われても困ります。私はもう……好きじゃないので」

「俺は好きだよ、今も」

甘い声に一瞬ドキッとしかけたものの、あまりにもさらっと返されたのですぐに目が据わる。この彼は、どうせ誰にでもこういう甘言を使っているのだ。惑わされてはいけないと、ビシッと告げる。

「そーいうとこ！　もう信用してませんから」

「真剣なんだけどな」

ずいっと顔を覗き込まれ、綺麗な顔が急に間近に迫ってくる。驚いて「だ、だから……！」と言いながら一歩足を引いた。

その瞬間、誰かの腕が私の肩に回される。

「——見つけた」

耳元で低く甘めな声が響いた。肩を抱くその人を見上げ、私は大きく目を見開く。

「さ、がらさん……⁉」

顔を合わせた瞬間、空港内の雑踏が消えた気がした。今日はパイロットの制服ではなくスーツ姿だけれど、それもひと目見ただけで意識を持っていかれそうな魅力を放っている。

「待ってたよ。君が来るのを」

相良さんは長めの前髪がかかる目を柔らかく細めて微笑んだ。

意味深な言葉にもドキリとするが、多くの人が行き交うこの広いターミナルでまさか私に気づいたなんて、驚きで開いた口が塞がらない。

「え……暁月？」

戸惑う城戸さんの声で我に返る。今、相良さんのことを名前で呼んだところから考えると、ふたりは知り合いなのだろうか。

城戸さんも私たちに対して同じように思ったらしく、呆気に取られた様子で問いかける。

「莉真ちゃん、知り合い？」

「そんな薄っぺらい関係じゃないよな、俺たちは」

意味ありげに瞳を向けられ、途端に心臓が騒がしく動き始めた。おっしゃる通り、キスしてしまったのだからただの知り合いではないよね……。

火照る顔をやや俯かせて肯定すると、相良さんは肩を抱いたまま歩き出す。

「行こう」

「おい、暁月……！」

まるで獲物を横取りされたかのように城戸さんが呼び止めた直後、相良さんが威圧感を醸し出す瞳で睨みつけた。初めて見る彼の怖い表情に私は息を呑み、城戸さんも一瞬怯んだ。その隙に相良さんが歩き出す。

申し訳ないけれど逃げ出したかった私にとってはありがたいので、城戸さんに「すみません、また休み明けに！」と声を投げかけた。

とても怪訝そうにしていた彼だったが追ってくることはなく、相良さんは駅方面に向かって歩き続ける。予想外の状況に戸惑いまくっていると、人に紛れて城戸さんの姿が見えなくなった辺りでようやく肩から手が離された。

相良さんの顔からは、さっきの冷たさがすっかり消えている。

「さて、どうするか。君が困ってるように見えたから連れてきたけど、余計なお世話だった？」

「いえ！　正直、ありがたかったです。いつも相良さんには助けてもらってばっかり……」

一気に安堵し久々の会話を始めたところで、再会したら言いたかったことを思い出して彼に向き直る。

「松本での最後の交信、励ましてくれてありがとうございました。すごく嬉しかったです」

ほんの二週間ほど前なのに、すでに懐かしく感じる。松本にいた頃を思い返して自然な笑みを浮かべると、相良さんの表情も穏やかにほころんだ。

「ちゃんとこっちで頑張れてるみたいで安心したよ。でも、異動早々男に言い寄られてるとはね」

「あの人とはちょっと、いろいろあって……」

無意味に髪を耳にかけつつ苦笑を漏らすと、彼はいたずらっぽく私の顔を覗き込む。

「また泣いてもいいよ。ケンカ腰になってもいいし」

「今日はシラフなんで！」

醜態をさらしてしまったあの日の記憶が蘇り、慌てて制した。恥ずかしがる私に、相良さんはクスクスと笑って言う。

「でもせっかく会えたんだし、少し話さないか?」

「はい。あ、フライトでお疲れじゃなければ……」

「今日は地上勤務だったから平気」

ああそうか、スーツだしね。ビジネスマンスタイルも本当に百点満点だなと、改めて感服してしまう。

またこうして話せるのも嬉しく思いながら、「じゃあ、ちょっとだけ」と承諾した。

とりあえず屋上に向かい、展望デッキに出てみた。地方空港とは違って、ひっきりなしに飛行機が離発着している様は圧巻だ。

午後六時を過ぎた今、夕暮れの空は松本空港で最後の仕事をしたあの日と似た色に染まり始めている。山がない分日が長いなと感じていると、私の隣で手すりに肘をかけて空を眺める彼が口を開く。

「しかし、拓朗は相変わらずだな。あいつは気をつけたほうがいい。女性関係でいい話は聞かないから」

「ええ、さっきも恋愛遍歴に呆れていたところで」

ユカちゃんだのミナコさんだの、可愛い女の子たちに囲まれる彼を想像して口の端を引きつらせた。

相良さんも城戸さんの人となりをわかっているみたいだが、どういう関係なのだろう。たぶん年は同じだと思うけれど。

「城戸さんとお知り合いだったんですね」

「ああ、腐れ縁ってやつかな。家が近かったのもあって、小学校の頃から知ってる」

「そんなに前から⁉」

意外な繋がりに目を丸くした。ふたりの子供の頃ってどんな感じだったんだろう……想像がつかない。

驚く私に、相良さんは「あいつとはなにがあったんだ?」と問いかける。いつも私の話を聞いてもらってばかりで申し訳なく思うも、ついその優しさに甘えてしまう。

「……彼なんです。私が憧れていて、告白した情報官」

これには相良さんも驚いたらしく目を見張ったものの、すぐに合点がいった様子だ。

「まさか拓朗だったとは。まあでも、あいつの素行を考えれば納得する」

「ですよね。離婚していたのはびっくりしましたけど」

「そうらしいな。独身になって、今度は君に迫ってきてるとか?」

「いえ……でも、甘い言葉をかけられるだけで困りますね」

苦笑を漏らし、私も手すりに両手を置く。

「会いたくなかったのに、今度は担当まで同じで毎日顔を合わせるハメになってしまって。困るんです、吹っ切れなさそうで。これじゃ仕事もしづらいし、精神的にしんどいし、どうしたらいいのか……」

三日目でだいぶ疲れているのに、これがずっと続くのはきつい。先行き不安で、視程が悪い中で飛行しているパイロットさながらの心境だ。

脱力してため息をつく私を横目で見ていた相良さんは、数秒思案してから切り出す。

「じゃあ、あいつが気にならなくなるように、もう一度してあげようか」

「え？」

なにを？と首をかしげて振り向くと、夕焼けと夜空の狭間の色に変化した瞳に捉えられる。ミステリアスなそれは、彼が時々見せる〝男〟の表情。

「この間のキスだけじゃ足りなかったみたいだから」

そのひと言で意味を理解し、心臓が音を立てると同時に目を見開いた。

彼は片方の手を手すりにかけたまま、もう片方の手で私の髪を優しく掻き上げる。

その手が顎へと滑り、顔を少し持ち上げて距離を詰めてくる。

嘘、ちょっと待って、どうしよう……このまま受け入れていいの⁉

近づく端整な顔に焦りながらも、もう一度キスをしたらなにかが変わるんじゃないかという、漠然とした期待みたいなものが湧いてくる。

前回と同様、本能的に拒否する気にはならなくて、ぎゅっと目を閉じたその時。

「あっくーん！」

どこからか子供の声が聞こえ、直後に相良さんの身体になにかがどすっと当たった。彼の口からも「うっ」とくぐもった声が漏れる。

びっくりしてぱっと目を開けて見下ろすと、三歳くらいの女の子が彼の足にしがみついていた。

「奈々《なな》？　なんでこんなところに」

「ママとひこーきみてたぁ」

相良さんも驚いた様子を見せながらも、しゃがんで女の子のボブヘアを優しく撫でる。どうやら知っているみたいだが、親戚の子だろうか。

ひとまず危うい空気を消し去ってもらえてほっとしたのもつかの間、「奈々！」と叫びながら緩く波打つ長い髪の女性がこちらに駆け寄ってくる。

「ちょっと、めちゃくちゃいいところだったのに邪魔しちゃダメじゃない！」

「見てたのかよ」

立ち上がって若干げんなりした顔になる相良さん。どういうご関係……？と、縮こまり気味にふたりを交互に見ていると、とても美人な彼女が私に向かって明るく謝る。

「水差しちゃってごめんね！　この子、暁月がお気に入りだから、見つけたらすぐ飛びついちゃって。あっ私、姉の陽和《ひより》です」

「お、お姉様でしたか……！」

相良さんってお姉さんがいたんだ。言われてみれば顔立ちが似ているかも。とにかく恐ろしいほどの美男美女姉弟！

レアキャラに会ったような尊い気分で、とりあえず姿勢を正して「はじめまして。降旗です」と挨拶した。私は相良さんの友達でも同僚でもないから、関係は説明できないけれど。

相良さんは私に〝おあずけだな〟とでも言いたげに含みのある笑みを浮かべた後、陽和さんたちと普通に話し始める。私は気まずさと恥ずかしさで俯くしかない。

「まさか姉さんたちがいるとは」

「用事があってこっちに来てたんだけど、旦那の職場がすぐ近くだから終わるまでここで待ってたのよ。よかったね、あっくんにまで会えて」

「うん！　いっしょにあそぼー」

　くりくりとした目で見上げておねだりする奈々ちゃんが可愛すぎて、私までキュンとした。これには相良さんもやられたようで、ふにゃっとした笑顔になり、もう一度頭を撫でる。

「奈々はこれから帰ってご飯だろ？　また今度な」

「えー。ごはんよりあっくんがいいー」

「男を手玉に取る女みたいなセリフ言わないで」

　陽和さんが冷静にツッコみ、奈々ちゃんは当然意味がわからず首をかしげた。

　本当に相良さんが好きなんだな。彼らのやり取りにほっこりして笑っていると、陽和さんはちらりと私を見て堪えきれないといった感じで口元を緩める。

「それにしても暁月ってば……大切な人ができたなら教えてよ～！」

　相良さんの腕をバシッと叩く彼女の言葉に、私たちは一瞬ぽかんとした。が、すぐに誤解しているのだと察する。

　あんな場面を見たら無理もないか、とまた恥ずかしくなりつつ否定しようとするも、ひと足先に相良さんが口を開く。

「いや、この子は――」

「認めたくない気持ちもわかるわよ。親のせいで結婚どころか恋愛にも夢見れなかったじゃない、私たち。暗くて窮屈で、幸せな家庭とは言い難かったから、あんたが独身貫いてるのも仕方ないかなと思ってたわけ」

陽和さんがちょっぴりしんみりとした口調で話し出すので、つい聞き入ってしまう。シエラで同じことを相良さんが打ち明けたのを思い出して。

あの時、『父が昔気質で厳格な人だったから、俺たち家族は自由に好きなことをさせてもらえなくてね』と言っていた。陽和さんもきっといろいろな葛藤があったのだろう。

「でも、私も本気で好きな人ができて考え方が変わった。暁月にも、愛する人と家族を作って一緒に生きていく幸せを味わってほしいなって本当は望んでたの。私も自分が親になるなんて思わなかったけどさ……わりといいもんよ、結婚って」

奈々ちゃんを優しい眼差しで見下ろして微笑む彼女を、相良さんも神妙な面持ちで見ていた。これでまた少し気持ちが変わっていくかもしれない。

陽和さんは「なんか急に語ってごめん」と謝り、清々しい笑顔を浮かべる。

「や〜本当によかった、暁月がこんな可愛い彼女を見つけて。お父さんにもそれとなく言っておくわ。いずれ挨拶しに行くでしょ」

「……は？」

相良さんがギョッとした様子で声を発した直後、彼の足にくっついていた奈々ちゃんが突然「あっ、パパ！」と言ってビルへの入り口に向かって走り出す。

どうやら陽和さんたちと合流しに来たらしい。人にぶつかりそうになりながらトコトコと走っていく奈々ちゃんを、陽和さんは慌てて追いかける。

「こらっ、奈々待って！　ごめん、また今度皆でゆっくりご飯でも行こ。お幸せに～！」

「おい、姉さん……！」

こちらに手を振る彼女を相良さんが呼び止めようとするも、嵐のように去っていってしまった。眉根を寄せる彼と、苦笑いするしかない私がぽつんと残される。

「人の話を聞けよ」

「完全に勘違いしてましたね……」

「ああ……恋人ならまだしも、結婚すると思われていたよな？　昔から思い込むと厄介な人ではあったけど」

呆れ気味にぼやく彼に、私も若干責任を感じて軽く頭を下げる。

「すみませんが、後で誤解を解いておいてください。もしかしたら他の航空関係者に見られる可能性もあるし、私帰りますね」

万が一〝相良機長が地味女と密会してた〟なんて噂にでもなったら、彼の仕事に支障をきたすかもしれない。それは避けたいから、私も早急にこの場を去ろう。

「待って」

一歩を踏み出したものの、軽く腕を掴まれて引き留められた。振り仰ぐと、なにかを思案している様子の彼がいる。

「……誤解を解く必要はないかもしれない」

「え？」

再び彼と向き合った時、ひとつの航空機がスピードを上げて滑走路を走っていく。それが飛び立つ頃、真剣な表情になった彼の唇が動く。

「本当にしようか、結婚」

――飛行機の音が遠ざかって、はっきりと聞こえた。耳を疑うひと言が。

「はいぃ⁉」

思わずすっとんきょうな声を上げてしまったが、人はまばらなのでそこまで注目は浴びない。私は目が点になったまま、まぬけヅラで固まった。

結婚を提案されたんですよね、今……一体全体どうして⁉

唖然とする私に、相良さんは至って冷静に言う。

「降旗さんにとっては憧れだったんだし、他にもメリットがあるんじゃないか」

「ほ、他のメリット……？」

「結婚すれば拓朗も言い寄らなくなるだろうし、自然にあいつのことも気にならなくなるかもしれない。強制的に他の男を意識する状況が、結婚によって手に入れられるわけだ。キスより効果的だろう」

彼が不敵に口角を上げ、再びあの雪の日の情景が蘇って胸がざわめいた。

確かに、ずっと一緒に密な時間を過ごす旦那様ができれば、嫌でもその彼のことを第一に考えるだろう。ふたりだけの世界を作る方法があったとは。

ほんのちょっとだけ心が揺らぐ……けれど、さすがにいろいろ問題がありすぎて頷けない！

「でも、そんな相良さんの人生に関わること、私のためにさせられるわけないじゃないですか！　あなたを利用するんですよ？」

「利用される気なんてないが」

きっぱり返され、面食らう私。彼は意味深な面持ちで自分の気持ちを語る。

「俺も、こうでもしないときっと一生結婚しない。ずっとひとりでいいと思っていたけど、あの日君と話をしてから少し気持ちが変わった。知りたくなったんだ、誰かと生きていく人生で得られる幸せってやつを」

絡み合った視線の先で、わずかに彼の口元が緩む。

「結婚はいいものだって、俺に教えてくれ」

そんな交換条件を出す相良さんは、結婚するほうへ気持ちが前向きに変わってきたらしい。私の胸のざわめきも、動揺からまた別の感覚に変化し始める。

自分でも重々わかっている。いい加減に他の男性に意識を向けなければ、いつまでも過去に囚われたままだって。その貴重な機会が、今まさに訪れているのだということも。

しかし、自分の中に譲れない気持ちがあるのも事実。愛のある結婚がしたいという夢を、今はまだ捨てられそうにない。

「……私は、結婚したいとはいえ、契約結婚とか共生婚みたいな戸籍上だけのドライな関係にはなりたくないんです。それでは結婚する幸せを感じられないかもしれないし、相良さんの望むものでもないですよね。だから――」

「俺は〝恋愛感情のない結婚をしよう〟なんて、ひと言も言っていないけど?」

丁重にお断りしようとしたものの、そんな返事がきて私は口をつぐんだ。彼の瞳は至極真剣で、からかっているようには見えない。

「一緒に生活していくうちに愛が芽生える可能性はあるし、俺は君とそうなれたらと思ってる」

心拍数がどんどん上がっていく。どうやらこれは、ただの契約結婚とは少し違うらしい。愛育婚とでも名づければいいだろうか。

相良さんがそういう考えなら、ちゃんとした夫婦になれるかもしれない。一縷の希望が見え、心に光が差してきた。

が、そこで再びストップがかかる。冷静に考えて彼の妻になるのは荷が重すぎるだろう。私なんかよりもっと相応しい人がいるに違いないのに。

「いや、でも……相良さんのお相手が私でいいとは思えないんですが」

「『結婚しましょう』って最初に言ったのは君なのに」

「あれはプロポーズじゃないですってば！」

慌てて訂正する私にいたずらっぽく笑った彼は、「ごめん、冗談」と言って続ける。

「君だからこそ、俺はこの提案をしているんだよ。あの日、一緒に雪景色を見ていて感じたんだ。ふたりきりなのも悪くないなって」

穏やかな表情で口にされた言葉に、胸がトクンと鳴った。静かで真っ白な世界で感じた気持ちが蘇る。

あの瞬間、彼も私と同じ気持ちを抱いていたんだ。それだけでなんだか嬉しくなってくる。

「……実は私も、まったく同じことを思っていました」

そう打ち明けると、相良さんも少し目を丸くした。一瞬見つめ合った後、お互いにふふっと笑みをこぼすと同時に肩の力が抜けていく。

ふたりきりも悪くないという、あの直感に従ってみるのもアリかもしれない。漠然とだけれど、私たちならうまくやれそうな気もする。仕事に集中するためにも、彼の力をお借りしたいのが本音だ。

ただ、本当にその選択をするなら事前にちゃんと話しておいたほうがいいだろう。

「あの、ひとつお願いが」

「なに？」

「結婚するなら、ちゃんとした夫婦になるために努力し合いませんか？　一緒に食事したり、休日は時々デートしたり、なるべくふたりで過ごす時間を作って、お互いのいいところも悪いところも全部知った上で一緒に生きていく努力を」

どんな始まり方であれ、人生を共にするのなら協力し合うことは必要じゃないだろうか。

「決して相良さんを縛りつけるつもりはありません。ただ、温かい関係を築けたら結婚はいいものだってさらに感じられるはずだし、私も愛が生まれたらいいなって思うから」

彼を見上げてそう口にした直後、急に恥ずかしくなってそろそろと目線を外した。

私も〝あなたと恋愛がしたい〟と言っているようなものだもんね。相良さんはどんな反応をするのか……。

「いいね。賛成」

肯定的な声が聞こえてきて、私は表情を明るくする。

「確かに、なんの努力もせず幸せな家庭は作れないよな。君が言ったみたいに父を見返してやるためにも、俺もできる限り君に尽くすよ」

快く同意してくれた相良さんは、おもむろに私の左手を取る。そしてエスコートするように持ち上げ、薬指にキスを落とした。

まるで、婚約指輪を嵌める代わりのごとく。

「それでいつか、俺を好きにさせてみせる。あいつとは比べものにならないほど」

甘い声を紡ぎ、上目遣いで私を見る彼の瞳は蠱惑的な色を湛えていて、胸が早鐘を打つ。

私は城戸さんを吹っ切るためだけじゃなく、幸せになるために結婚するのだ。相良さんも目指すところは同じ。そう再確認して意を決し、温かい手をきゅっと握り返す。

「私も、好きになってもらえるように善処します」

ドキドキして変に堅苦しくなる私に彼はクスッと笑い、「楽しみにしてる」と余裕たっぷりに返した。

結婚してから恋愛しようとするのは難しいだろうか。どうなるかまったく予想できないけれど、一緒に暮らして私たちにどんな変化が起こるのか興味はある。

「とりあえず、まだ知らない部分が多いからまずは教えてくれないか。莉真のこと」

他人行儀じゃない名前の呼び方は、私たちの関係を変える合図のように思えた。胸に生まれるわくわく感は、飛行機がテイクオフする前に感じるそれと似ている。

「……私にも教えてください。暁月さん」

彼の言葉に頷いた後、私も照れながら名前を紡いだ。

滑走路では、離陸に向けて今また飛行機がスピードを上げていく。奇しくも急接近した私たちも、新しい未来に向けて進み出す。

行き着く先は、どうかハッピーエンドでありますように。

秘密裏ブリーフィング

前向きに結婚を考え始めた私たち。ひとまず空港から徒歩十分の場所にある隠れ家的なフレンチレストランに移動して、ディナーをいただきながら話をすることにした。

店内はアンティーク調のペンダントライトが照らす灯りでほの暗く、半個室のソファ席は落ち着いて語らうのに最適だ。明日はスタンバイのためお酒を控える彼に合わせて、私もノンアルコールのドリンクにしている。

以前シエラで飲んだ時に皆で話した内容をおさらいしたり、パイロットの勤務内容や勤務事情、住んでいる場所など、彼自身の詳しい情報を教えてもらったり。

そして、本当に結婚するならいつから一緒に暮らし始めるか、お互いの家族への挨拶はどうするか、会社への報告は……などなど、具体的な話も進めていった。

その中で彼のお父様がなにをしている人なのかを聞き、驚いた私は無意識に背筋を伸ばす。

「暁月さんのお父様って、航空局の人事部長だったんですか⁉」

「ああ、職業からしてお堅いだろ」

暁月さんは、赤ワインで煮込まれた牛肉にナイフを入れながら嘲笑を浮かべた。

航空局の部長というと、私たちの上のそのまた上のお方ではないか。お目にかかったこともないけれど、肩書きを聞いただけで恐縮してしまう。人事の権限も持っているのだし。

「莉真も公務員だから印象はいいはずだ。きっと結婚も反対はされない」

「だといいんですが」

お父様は厳しそうだから、挨拶するとなったらかなり緊張するな。

でもこういう時、やはり安定した公務員はメリットなのかもしれない。それに、航空管制運航情報官と名乗ると、なにそれ?状態になる人が多いが、航空業界の人なら確実に知っているからよかった。

一方、私の両親はだいぶ緩い性格なので、結婚話を出したら単純に喜ぶだろう。なにせ相手はパイロットなのだから。

「うちの両親はこの間言ってた通り、パイロットなら誰でも歓迎なので」と言うと、暁月さんはシエラでのひと時を思い出したらしくおかしそうに笑った。

家族の話をしていて気になるのは、暁月さんの昔の家庭環境だ。この際、深いところまで聞いてみてもいいだろうか。

「あの、お父様はいつから暁月さんたちを男手ひとつで育てているんですか？」

ややや遠慮がちに、言葉を選んで問いかけた。彼はわずかに表情を曇らせつつも、嫌がる様子はなくゆっくり口を開く。

「母が出ていったのは俺が中学一年で、ふたつ上の姉さんの受験が終わった頃だった。その前からなんとなく母の様子がおかしいのは気づいていて、いなくなった時も妙に納得してた。父に家事も育児も任せきりにされて、人付き合いも制限されたら逃げ出したくもなるよな」

彼は当時を思い起こすようにまつ毛を伏せ、口元に覇気のない笑みを浮かべた。それがとても悲しげで、胸が苦しくなる。

「俺たちに対しても同じだったよ。進路についてもあれこれ口出されたし、門限やバイトも制限されてとにかく窮屈だった。仕事人間のあの人は母がいなきゃ家事はてんでダメで、俺と姉さんとで協力してやっていた。だから、父に育てられたって感覚はあまりない」

暗い声色で語られる内容に耳を傾け、私だったら耐えられなかっただろうなと同情してしまいつつ、ふと思う。

「暁月さんがパイロットになったのは、自由な空に憧れたから、ですか？」

縛られる生活から抜け出したくて、世界中のどこへでも行ける仕事を選んだのではないか。勝手に想像して問いかけてみると、彼は目をしばたたかせる。

「君はすごいね。どうして俺のことがそんなにわかるんだ」

どうやら当たりだったらしいので、得意げに笑った。

しかし、暁月さんは微笑みにやや影を落とし、「まあ、理由はそれだけじゃないが」と呟いた。気になったものの、すぐに彼の口調が明るさを取り戻したので意識が逸れていく。

「おかげで俺も家事はそこそこできるから、莉真が忙しい時も心配しなくていい」

「それはすごく助かります！　暁月さんの留守中も、家のことは任せてください。帰ってきたら、両親直伝のシエラの料理でおもてなししますね」

「いいね。一緒に晩酌しようか。フライト終わりが楽しみになりそうだ」

彼が穏やかな笑みを湛えて言うので、胸がほっこりと温かくなった。

本当にそんな風に過ごせたら理想的だ。そううまくいかないのは承知しているけれど、ふたりで協力しながら普通の生活を送れたらいいな。

「こうしていると忘れるだろ、あいつのことなんて」

城戸さんの存在を思い出し、呆れ交じりの笑みが漏れる。その通りなので、自分チョロいなぁと自嘲しつつ「ですね」と認めた。

確かに、今話しているだけで城戸さんのことは頭から抜けていた。この調子でずっと暁月さんといれば、彼と顔を合わせても平気になりそう。

暁月さんこそ、さっきからわりといい反応をするように感じるし、まんざらでもないんじゃないかな。

「暁月さんも、想像すると結婚もいいと思えてくるでしょう」

ちょっぴりいい返事を期待して言うと、彼はテーブルに肘をついてふっと口元を緩める。

「まだまだだよ。もっと俺をその気にさせて」

なんだかセクシーなSみを感じてドキッとするも、頷いてもらえなかったのでむくれる私。そう簡単には落ちないらしい……楽しそうにこれからの話をしていたくせに。

ひと筋縄ではいかなそうな彼は、ややブラックな笑みを湛えて言う。

「俺はたぶん、君の想像以上に扱いづらい男だと思うけど、末永くよろしくね」

暁月さんが優しいだけの男ではないというのはすでに承知している。うまくやっていける確信はないが、努力はすると決めたのだ。女に二言はない。

改めて覚悟を決め、背筋を伸ばして姿勢を正す。

「私こそ、面倒くさくて可愛げのない女ですが……よろしくお願いします」

就職の面談か、とツッコみたくなるような調子で頭を下げた。しかし、暁月さんはどこか満足げに私を見つめている。

「莉真は十分可愛いよ」

甘さを増した声が、鼓膜と共に心も揺らした。口先だけなのか本心なのかわからないけれど、単純に嬉しくなってしまう。

この人が旦那様になるって、今さらながらいろいろとやばい気がする……。暁月さんのファンもいるだろうから周りの反応が怖いし、私自身もドキドキさせられまくりそう。なにせ男性とひとつ屋根の下で暮らすのも初めてなのだし。

でも、どう転がっても後悔はしない。これが私の決めた道だから。


一日だけの短い休日を終えてオフィスに向かうと、すでに城戸さんがデスクに座っていた。

休み前に微妙な別れ方をしたので、気まずさを感じつつ近づいていくと、私に気づいた彼は爽やかな笑顔で「おはよう」と言った。

わりと普通だ……と、ほっとしつつ私も挨拶を返し、各空港の今日の注意点についいて確認し合う。

「今日は八丈島でテレビ局の取材のヘリが飛ぶらしい。チャーター便も一機来るし、変則的になるから気をつけて」

「了解しました。天候もよさそうですね。少し風が強めですが」

「ああ、ヘリポートが使えないほどじゃないだろう」

私たちが担当しているエリアでは飛行機よりも島々を結ぶヘリが飛ぶ頻度のほうが多い。今日のようにイレギュラーな時はやや大変なので、どの便がいつ飛ぶのかをしっかり頭に入れておく。

打ち合わせが一段落ついたところで、自分のデスクに座ろうとした時……。

「で、暁月とはどういう関係？」

不意に聞かれ、想定はしていたもののぎくりとしてしまう。にこにこの笑顔がやけに怖いし。

暁月さんと相談して、とりあえず来週あたりに彼のお父様に挨拶をしに行き、承諾してもらえたら籍を入れようという話になった。準備もあるので同居するのも同じタイミングにして、それまでは実は付き合っていたという体でいこうと。

その打ち合わせをした時、彼とこんな会話をした。

『言い寄ってくる女性には〝好きな人がいるから〟って理由をつけて断っていたんだ。莉真がその相手だったことにすればちょうどいい』

『なるほど。……私、その女性陣に恨まれそう』

『大丈夫。なにも問題が起こらないように、甘いセリフを駆使して納得させたから』

微笑みを湛えてそう口にした彼を見て、やっぱりこの人は腹黒いと確信したのは言うまでもない。

お互いに好きなフリをする。これを仮面夫婦というのだろうが、一般的な冷めきった関係ではなく、これから甘く熟そうと前向きになっているのが私たちだ。

おかげで後ろめたさが軽減されるのか、城戸さんに対しても妙に自信を持って答えられる。

「実は、付き合ってるんです。私たち」

「……は？」

一瞬ぽかんとした城戸さんは、意味がわからないといった調子で眉をぐにゃりと歪めた。信じてもらうために、挙動不審にならないようにしなくては。

「松本にいた時、先輩の情報官と暁月さんが知り合いだったから皆で飲みに行ったんです。それがきっかけで。恥ずかしいので内緒にしていたんですが」

上手な嘘のつき方は真実を混ぜること、というのは有名な話。皆で飲みに行ったのは本当なので、堂々とそう言った。

ところが、城戸さんは座ったまま腕を組み、じとっとした目でこちらを見てくる。

「おかしいなぁ……」

「な、なにがおかしいんですか？」

うわ、めちゃくちゃ疑われている。内心ドキッとしているのを気づかれないように努めるも、城戸さんの猜疑心たっぷりの視線は変わらない。

「だって、莉真ちゃんと暁月が？　うーん……」

「似合わないとでも？」

「いや、なんとなく甘い雰囲気が漂ってないというか。俺、そういうのわかるんだよね。すごく距離が近いふたりでも〝あ、これ付き合ってないな〟とかね」

「そんなドヤ顔で言われても」

苦笑いしつつ、確かに恋人特有のピンクのオーラは出ていないだろうなと納得してしまう。ていうか、なんだその特技は。

「それに、莉真ちゃんって恋愛関係の話する時はもっと赤くなったりもじもじしたりするのに、今やけに落ち着いてるから」

じっとこちらを見上げる彼に言われ、図星を指されたようで決まりが悪くなった。ゴンさんにも『すぐどぎまぎする』と言われたし、もうちょっと恥じらったほうが自然だったのかもしれない。私にそんな乙女な演技はできる気がしないが。

いたたまれなくて目を逸らす私に、城戸さんは昔と同じ甘い笑みを向ける。

「普段わりとさっぱりしてるのにそういう反応するから、可愛いなと思ってたんだよ」

一瞬、恋をしていた頃の自分に戻ったような感覚に陥った。顔が熱くなるのを感じるも、同時に心の中でストッパーがかかる。

この人の甘い蜜は単純に受け取っちゃいけないんだってば。その蜜に溺れないためにも暁月さんと夫婦になるのだし。

自分の気持ちもあの頃とは違うのだという意味も込めて、「……私も変わったんですよ」と呟いた。

ひとつ息を吸って頭を切り替え、きりりとした面持ちで言う。

「とにかく、私たちの関係は本当です。来週以降になれば納得していただけるかと」

「なんで来週？」

「黙っておとなしく待っていてください」

「……ちょっとSっ気のある莉真ちゃんもそそられるかも」

真面目な顔でふざける城戸さんは相変わらず軽くて、呆れ気味にデスクに向かった。

私の両親に電話したら、予想通り大喜びで賛成してくれた。暁月さんのお父様にも挨拶をしてＯＫがもらえれば、私たちは本当に入籍する。そうすれば城戸さんもさすがに認めてくれるだろう。


リモート管制は徐々に慣れてきて、今のところ大きな問題はなくやれている。城戸さんが完璧にサポートしてくれるおかげだ。

彼に話しかける女性は多く、社食でキャバクラ並みに囲まれていたりするのでややうんざりしてしまう。が、仕事中は本当に昔のままで頼もしいので複雑な気分になる。

しかし、それを見越しているかのごとく暁月さんからちょくちょく連絡が来るので、なんとか冷静になれている。新生活について相談していると、やっぱり城戸さんのことを考えずにいられるので気がラクだ。

そうして約一週間を乗り切り、四月第三週の土曜日、それぞれの都合が合ったので暁月さんのお父様と食事をする運びとなった。

午前十二時、手土産を持って暁月さんが予約しておいてくれた高級料亭に向かう。

彼が運転する車に乗るのはこれが初めてで、助手席に座るといつもはあまり感じない緊張感があった。

深い紺色が大人っぽいセダンタイプの高級車を走らせる彼は、少々呆れ気味に言う。

「やっぱり姉さんが先に報告していたらしい。俺が連絡を取ったら父さんもすでに知っていたよ。なんで結婚すると勘違いしたのかはいまだに謎だが」

「よっぽど暁月さんに結婚してほしかったんじゃないですか？　陽和さん、すごく嬉しそうでしたし」

「そうかもな。まあ、莉真と一緒になれるのは姉さんのおかげでもあるか」

流し目を向けると共に微笑まれ、胸がくすぐったくなった。

陽和さんの勘違いもあって結婚することにした私たちだけれど、この選択は今のところ後悔していない。城戸さんといる時より、すごく心が安定している気がするから。

赤坂《あかさか》にある高級料亭に到着し、趣のあるお座敷の個室でほんの数分待つと、眼鏡をかけた男性が現れた。雰囲気からして貫禄のあるお父様だ。

綺麗に整えられた短髪に、彫りの深い顔立ち。端整だけれど渋さがあって、暁月さんが年を取ったらこういう雰囲気に近づいていくんだろうなと感じる。

私たちの向かいに腰を下ろす彼に、まず暁月さんが挨拶をする。その表情に笑顔はない。

「……久しぶり」

「ああ。こうして食事をするなんて何年ぶりだろうな」

口元にわずかに笑みを浮かべているお父様だが、口調はやや硬く、単純な嬉しさから出た言葉ではないように感じた。

彼の瞳がこちらに向けられ、無意識に背筋が伸びる。

「こんにちは。降旗さん、といったかな？」

「はい、降旗莉真と申します。本日はお時間をいただき、ありがとうございます」

緊張しながら丁寧に頭を下げると、軽く頷いたお父様は「まあ、そう硬くならずに」と気遣ってくれた。もっと手厳しいイメージを勝手に作り上げていたから、少しだけ心が和む。

挨拶をし終わったタイミングで、黒い長皿に品よく盛りつけられた前菜が運ばれてくる。食事をし始めてから、お父様が「暁月」と切り出した。

「結婚したいそうだな。陽和も言っていたが、暁月にそんな女性がいるとは驚いたよ」

さっそく本題に入り、私はあまり食材の味を感じられないままごくりと飲み込んだ。

暁月さんは食事する手を止め、ほんの少し考えを巡らせてからゆっくり口を開く。

「最初は、パイロット思いの彼女の仕事ぶりに惹かれたんだ。話すようになってからは、その内面も素敵だとわかった。まだそんなに長い時間を過ごしたわけじゃないが、俺には莉真しかいないと思っている」

言葉の最後で私を一瞥した彼と目が合い、心臓が飛び跳ねた。

……いけない、危うく本心だと勘違いするところだった。お父様に納得してもらうための上辺のセリフにすぎないのに、声にも瞳にも誠実さを感じたものだから。

暁月さんって役者にもなれるんじゃないだろうか。少なくとも私は男性にこんな風に言われた経験がないので、演技だとしても今かなりドキドキしている。

赤くなっているだろう顔を俯きかけたものの、「そうか」と短く返したお父様の目がこちらに向いたので、慌てて姿勢を正す。

「降旗さんは情報官だそうだね。今はどこで働いているんだ？」

「四月から東京空港事務所に異動してきました。その前は、松本空港で二年間ほどレディオ業務を」

「松本空港か。あそこは景色が綺麗でいい場所だ」

松本空港を知っていて褒めてもらえたことと、お父様の表情が少し穏やかになったのも嬉しくて、私は一気に頬が緩む。

「ありがとうございます。ご利用されたことがあるんですね」

「昔、大阪《おおさか》からの便が就航していた頃に何回か利用したよ。残雪のアルプスが見事だった」

彼は懐かしむように眼鏡の奥の目を細め、お猪口に口をつけた。やっぱりお父様も空が好きなんじゃないだろうかと、漠然と感じる。

話が合って嬉しいのだが、私は少々後ろめたい気持ちになる。

「恥ずかしながら、私は実際に空からあの地域を見たことがないんです。よく映像では見るので、美しいのはわかっているのですが」

実は、飛行機に乗るために松本空港を利用したことがないのだ。どこへ行くにも車か電車が主だから、皆が言う絶景はいまだに実際には見ることができていない。

暁月さんも意外そうにこちらに目を向ける。

「そうだったのか。君のお父さんがマニアだから、家族でよくフライトしてるのかと」

「昔何度か乗りましたが、目的地へは羽田からじゃないと便が出ていなかったんです。父は自分が乗るよりも、離着陸を見るほうが好きみたいでしたし。私自身、情報官になると決めてからは勉強も仕事も忙しくて、なかなか」

いつか空からあの地に降り立ってみたい。叶うなら、暁月さんが機長を務める便で。ささやかな夢が芽生えたものの、お父様の表情はいつの間にか硬くなっている。

「降旗さんは、結婚後も仕事は続けようと考えているのか？　今あなたも言ったように、ただでさえ情報官は多忙だから、子供ができたらなおさら働くのは難しくなるぞ」

結婚後の詳しい話が出て、私はつい身構えてしまった。暁月さんが『父は、妻は家庭に入るべきだと思っているだろう』と言っていたが、今の口ぶりからしてその推測は間違っていないようだ。

どう答えればいいか慎重に思案していると、暁月さんが真剣な面持ちで「父さん」と呼ぶ。

「俺たちは互いにやりたいことを尊重していきたいと思ってる。莉真が働きたいなら俺はそれを止めはしないし、できる限りのサポートをするつもりだ」

きっぱりと放たれた彼の言葉は、私の気持ちを後押ししてくれるものだった。それが心強く、私もきちんと伝えようと口を開く。

「私は、このまま働きたいと思っています。仕事と子育ての両立は決してたやすくはないと承知していますが、情報官の仕事は私の生きがいなので諦められません」

松本で働く最後の日、やっぱりこの仕事が好きだと強く感じたあの瞬間を思い出す。

「ずっとこの世界にいたいと思わせてくれたのは、他の誰でもない暁月さんです」

自然に口元を緩めてそう言った私を、暁月さんは少し驚いたような目で見つめた。

数秒後、静かに聞いていたお父様がひとつ息を吐き、「……そうか」と頷く。

「ふたりがそう決めたならやってみるといい。ただ、ふたりとも一般的な職業とは違う。働きながらの生活はそんなに生易しくはないと覚悟しておきなさい」

厳しい声色ではあるものの、それほど反対はされなかったので、私たちはとりあえず安堵してそれぞれ返事をした。


それからは主に仕事の話をして、比較的和やかに食事を終えた。お父様と別れて車に戻ると、一気に気が抜けて助手席のシートにもたれる。

「とりあえず認めてもらえたみたいだな」

「はい、よかったです。緊張した……」

大きく息を吐く私の隣で、暁月さんはふっと笑みをこぼしてエンジンをかける。

「俺は留守がちだし、莉真も不規則な仕事だからあの人の意見も間違ってないが、お互いに理解はあるから問題ないと思う」

「そうですよね。恋愛結婚だったら、会えない間は恋しい気持ちが先行してうまくいかないかもしれないけど、私たちならきっと大丈夫です」

自信を持って言うと、暁月さんが私にちらりと目線を向けた。

これまで、好きな人と恋人になってから結婚するという一般的な流れが一番だと思っていた。でも、お互いにメリットのある条件つきだったり、ルールを決めたりする結婚を望む人たちの気持ちもわかった気がする。

「大恋愛の末に結婚するより、このほうがある意味いいのかもしれませんね。相手を好きで好きで仕方ないっていう状態より、冷静かつ合理的に物事を考えられるから」

〝二番目に好きな人と結婚したほうがうまくいく〟という俗説も、こういった理由から生まれたのだろうか。結婚してから相手を好きになろうと考えている私たちも、結局は似たようなものなのかも。

真面目な顔で考えを巡らせていると、暁月さんは車を発進させる前に「じゃあ冷静な今のうちに、聞きそびれていたことを確認しておくけど」と話し出す。

「莉真は、ゆくゆくは子供が欲しいんだよな？　さっき仕事と子育ての両立の話もしてたし」

そういえば、子供についての話はしていなかったな。私はずっと自分が母親になることも結婚とセットで理想にしていたから、お父様の問いかけにも自然にああやって答えていた。

そうか。子供を持つには、いずれ暁月さんと……。

上半身裸の彼に『赤ちゃん作ろうか』などと迫られる生々しい妄想が浮かんでしまい、ぼっと急激に顔が熱くなった。

エッチな乙女ゲームの広告みたいな映像を流すんじゃない！と自分にツッコみ、無意味に手ぐしで髪を梳かしながら答える。

「そ、そうですね、ゆくゆくは……」

「なら、俺たちも〝好きで好きで仕方ない状態〟になったほうがいいと思わないか。愛してもいない男に抱かれたくはないだろ」

赤裸々な内容にどんどん赤面しつつ、その通りだと納得する。恋愛するのは子作りのためにも重要なのだと、わかりきっているはずなのに頭から抜けていた。

彼はこちらに手を伸ばして私の髪をそっと除け、カーテンの隙間から覗くように見つめてくる。やや獰猛さを秘めた瞳で。

「まあ、ベッドの中でも冷静かつ合理的な思考でいられるなら、愛は必要ないだろうけど」

セクシーさを増した声でやや挑発的に囁かれ、心拍数は上がる一方。

経験のない私が、抱かれている最中にそんなに落ち着いていられるわけがない。恋愛感情がないまままただ行為をして授かればいいとも思えないので、すぐさま「必要です！」と返した。

少々刺々しかった暁月さんはどこか満足げに口角を上げ、運転する姿勢に戻る。

今の一連の発言は、きっと私に恋愛するのを忘れさせないようにするためなのだろう。おかげで、今までしなかった妄想が繰り広げられるようになってしまった……。

まだドキドキしている胸を押さえる私に、彼が気を取り直すように言う。

「じゃあ、さっそく婚姻届を出しに行くよ。今夜から俺のマンションにおいで。形からだけど、ちゃんとした夫婦になろう」

婚姻届は暁月さんがすでに用意してくれている。証人のひとりは彼が信頼するパイロットの先輩にお願いしたそうで、先ほどお義父様にも署名してもらった。

いよいよ本格的に夫婦生活が始まる。私も改めて〝相良〟になる覚悟を決め、「はい」としっかり頷いた。


婚姻届が無事受理されたその日、必要最低限の荷物を持って暁月さんのマンションにお邪魔した。いや、もう一緒に住むのだからお邪魔したというのはおかしいか。

麻布《あざぶ》にある二十九階建てのタワーマンションにはコンシェルジュが常駐していて、落ち着いた内装も高級感たっぷり。航空関係者が数人住んでおり、暁月さんも証人になってくれた先輩パイロットから紹介してもらったらしい。

二十四階にある彼の部屋は２ＬＤＫで、ふたりで住んでも十分なゆとりがあるくらいどの部屋も広い。リビングの開放感ある大きな窓からは、レトロな東京タワーの灯りが見えてとても綺麗だ。

インテリアも白とグレーでコーディネートされていて、まるで海外の映画に出てきそうなセンスのある空間になっている。男性の部屋に入るのもほぼ初めてなので、なんだか感動してしまった。

そういえば、城戸さんの家に入れてもらった記憶はない。当時は、意外とすぐ部屋に連れ込んだりしない人なんだなと好感を持っていたけれど、結婚していたからだと思えば納得する。……なんて、ふと思ったのは秘密だ。

私の部屋の荷物はだいたいまとめてあるので、残りは後日業者に頼む。寮の契約期間は特に決められていないため、入居から一カ月弱という異様な早さで出ることになってしまうが、とりあえず問題はない。

結婚記念日となったこの日は、暁月さんは気を遣ってソファで寝てくれた。リビングにある三人掛けのそれは寝転がっても余裕があり、座り心地もいいのでベッド代わりにもできるが、やっぱり申し訳ない。

次に寝る時は一緒にベッドを使おう。もう夫婦になったんだから、なにもおかしくない。むしろそうするべきなんだ、うん。

彼の部屋の広いベッドに横たわり自分に言い聞かせているうちに、緊張よりも疲れが勝っていつの間にか眠りについていた。

そして翌朝、早くからフライトに向かう彼に合わせて早起きし、軽い朝食を用意した。寝起きの少々ぼんやりした可愛い姿から、仕事モードのきりっとした姿に変わった旦那様を初めて見送る。

「大阪と北海道にステイするから、戻ってくるのは明後日の夜になる」

「わかりました。東北地方に雷雨と乱気流の予想が出ていたので、お気をつけて」

「ありがとう。なんか、もう仕事が始まってるみたいだな」

「あ、すみません」

職業柄、航空気象を調べるのが癖になっているので、つい業務的になってしまった。新妻らしからぬ、可愛くないお見送りに……。

口元に片手を当てる私に、暁月さんはクスクスと笑った。玄関で靴を履いた彼はこちらに向き直り、一度顔を見合わせてから手を伸ばす。

後頭部を支えられ、彼の顔が近づいてきて目を見開いた瞬間、軽く唇を重ねられた。

一瞬の挨拶みたいなものだけれど、私にとっては人生二回目のキス。みるみる頬が火照り出す。

「これで新婚っぽくなっただろ」

「……ですね」

いたずらっぽく笑った暁月さんは、照れる私の頭をぽんぽんと撫でてから玄関のドアを開けた。爽やかな朝日を受ける彼が眩しい。

「莉真も頑張って。いってきます」

「いってらっしゃい」

笑みを作って軽く手を振る。パタンとドアが閉まった直後、私は両手で熱い顔を覆って深く息を吐き出した。

「スパダリすぎるんですが……」

いってらっしゃいのキスも憧れていたけれど、しょっぱなからしてもらえるとは！　自然なのに甘いしキュンとするし、なんていうかもうズルい。

あんな彼が旦那様になったなんて、やっぱりいまだに信じられないし、人生って本当になにがあるかわからない。

惚けた気持ちを切り替え、私も支度を整えて出勤する。電車と徒歩で四十分ほどかかるが、寮より十五分長くなった程度なのでそんなに苦ではない。

出社すると、ちょうど城戸さんと添田さんが話していたので、思いきって入籍したことを報告した。

ふたりともぽかんとして一時停止する。添田さんはぱちぱちと瞬きをして、眼鏡を指で押し上げた。

「入籍……あの相良機長と？」

「マジか」

城戸さんもさすがに驚きを隠せない様子だ。私はワケあり結婚だと疑われないかという緊張と、単純な恥ずかしさでドキドキしつつ「はい」と頷く。

「仕事は旧姓のままさせてください。内緒にするわけではないですが、積極的に公表もしないので」

「それが賢明だな。彼のファンに刺されかねない」

「えっ」

添田さんのひと言にギョッとすると、彼女は真顔のまま即座に「冗談だ」と返した。いや、シャレになりませんって……と口の端を引きつらせる私。

添田さんも暁月さんのことを知っているくらいだし、彼の勤める航空会社の中ではすごい人気なんだろうな。なんてったってヒノモト航空の最年少機長なのだから。

彼は大丈夫だと言っていたけれど、周りの女性陣がまったく妬まないとは思えない。私に対しての反応を想像するとやっぱり怖いし、しても仕方ないのでやめておこう。

私をビビらせた添田さんだが、真顔を崩して珍しくふわりと微笑む。

「とにかくおめでとう。近いうちに結婚祝いをしよう。慌ただしくてなかなかできずにいた歓迎会も兼ねて」

「ありがとうございます」

祝福してくれているのが伝わってきて、純粋に嬉しくなる。城戸さんも、いまいち腑に落ちない様子ではあるものの「おめでとう」と言ってくれた。

ひとまず報告を終えてほっとしていると、添田さんが腕組みをしてひとりごつ。

「それにしても、相良機長の噂は半分当たってたんだな。まさか相手が降旗さんだったとは」

「噂？」

そんなものがあったの？と、気になるひと言に反応して小首をかしげる私に、彼女はさらりと告げる。

「ここ一年くらい、近々ＣＡと結婚するんじゃないかってずっと囁かれていたんだよ。

あなたが可愛いからCAだと思われたのかもね」

聞いた瞬間、自分の表情が強張るのがわかった。

……その相手、私じゃない。私と暁月さんの姿を目撃されていたとしても、ごく最近だもの。少なくとも一年以上前から、結婚を囁かれるほど仲のいい女性がいたということだ。

そんな人がいたのに、どうして私と……？　嵐の前触れのような、妙な風が胸にひゅっと吹き抜けるのを感じる。

添田さんはそのCAらしき女性が私だと疑っていないらしく、真相がわかってすっきりしたような顔をしている。

「やっぱり噂っていうのは鵜呑みにするものじゃないな。城戸の噂はだいたい当たってるんだろうけど」

「なんで。ねえ、なんで俺のは鵜呑みにするんですか」

不満げに食い下がる城戸さんをスルーする添田さんは、「手続きが必要なものがあるから、書類を用意してくるよ」と言って私たちのもとを去っていく。

運航援助をしている職員たちの声が飛び交う中、胸をざわめかせて立ち尽くす私に城戸さんが言う。

「俺も知ってるよ。その噂も、CAが誰なのかも」

「えっ⁉」

驚いて振り仰ぐと、彼は意味ありげな瞳でこちらを見下ろす。

「暁月と仲がいい子がいるのは本当。だから莉真ちゃんから付き合ってるって聞いた時、違和感があったんだよね」

真実を探るようにじっと見つめられ、思わず目を逸らしてしまった。そんな存在の女性がいたなら、確かに私たちの関係を疑われても仕方ないかもしれない。

ただ、点と点がひとつ繋がった気がする。陽和さんが誤解した理由だ。彼女もどこかで噂を耳にしていて、あの場面を見たから相手が私だと思い込んだんじゃないだろうか。

暁月さんほどの人に浮いた噂がないほうが不思議だ。私とは恋愛関係ではないのだし、そのCAさんが恋人だったとしてもおかしくはない。

けれど、なんかこう胸の奥が疼くというか、変な違和感が……。

黙考する私に、城戸さんは遠慮なく話を続ける。

「君たちが本当に付き合ってたんだとしたら、遠恋中に暁月は浮気してたって可能性も――」

「ありません。彼は浮気なんてしませんよ、誰かさんじゃあるまいし」

「誰のことかなー」

嫌みも交えて食い気味に完全否定すると、城戸さんはしれっと目線を宙に泳がせた。

ＣＡさんとの付き合いがあったとしても、さすがに私に結婚を提案する以前の話だろう。あの暁月さんが無責任な行いをするとは思えないし。

ところが、すっとぼけていた彼の笑みにやや影が落ちる。

「暁月のこと信じてるんだね。あいつは皆が思ってるほどいい男じゃないけどなぁ」

彼の口から出たそれと、以前暁月さん自身が言った『俺はたぶん、君の想像以上に扱いづらい男だと思うけど』という言葉がリンクする。

私はまだ彼の一部しか知らない。現に、結婚を噂されるほど親しい女性がいたことすら知らなかった。

逆に城戸さんは、小学校時代からの付き合いだというし、暁月さんの隠された一面も知っているのだろう。それは当然なのだが、ちょっと悔しい気持ちになる。

というか、さっきから失礼だなと、じとっとした目線を向ける。愛し合っていないとはいえ、旦那様のことを悪く言われるのはいい気はしないもの。

「……それ、新婚の私に言います？」

「あ、ごめんごめん。無神経だったね」

いつものようにへらっと軽く謝った彼だが、その表情はやはりどことなく浮かない。

「でも俺は、愛のない結婚をした人たちがどうなるかを知ってるから。もし莉真ちゃんたちが恋愛結婚じゃないんだとしたら、今からでも引き返したほうがいいんじゃないかと思う」

彼のいつになく真面目な口調はやけに真実味があって、少々胸がざわめいた。

もしかして、城戸さん自身も愛のない結婚だったのだろうか。この間も、なにか事情がありそうな口ぶりだったし……。

気になってつい彼を見つめていたものの、「さて、そろそろ始めますか」と言われて我に返った。

そうだ、もう仕事に集中しなくちゃいけないのに。入籍早々、こんなに悶々とするハメになろうとは。

オフィス内で皆が見られるディスプレイには、航空機に影響を及ぼすであろう天気の詳細を図にした悪天予想図が表示されている。波乱が起こりそうな積乱雲やら乱気流やらの記号が記されたそれは、まるで自分の心を表したようだった。

困惑トランジット

　暁月さんがステイしている間、地域がバラバラになった仲間たちとリモートで集い、近況を語り合うことにした。すでに懐かしく感じる面々に入籍したと報告すると、スマホの画面に映るゴンさんと遠野くんがあんぐりと口を開ける。
《はぁぁ!? 結婚〜!?》
《すごいっす、莉真さん！ あのエリートパイロットを落とすなんて！》
　盛り上がる男ふたりから目を逸らし、「まだ落としてはないけど……」と呟いた。
　そんな私を、茜だけは含み笑いして見ている。彼女にはひと足先にすべての事情を話していたから。
　普通の恋愛結婚だと思っているゴンさんは、上機嫌に缶ビールを呷《あお》って祝福してくれる。
《いやーおめでとう。こんなに早く結婚するとは驚いたけど、お前らはいずれくっつくと思ってたよ》
「なんか胡散臭いけど、ありがとうございます」

クールに返すとゴンさんは《失礼な》とツッコみ、遠野くんはおかしそうに笑っていた。

しばらく四人で楽しく話をして、最後は茜とふたりでガールズトークをすることにした。男性陣が退出し、にんまりとしてスナック菓子を口に放る茜だけが映る。

《どうよ、結婚のよさをわかってもらえるように〝いい妻〟やってる？》

「まだそこまでは。ていうか、私より暁月さんのほうが〝いい旦那〟すぎて」

一緒にご飯を食べてくれるし、いない間もちゃんと連絡が来るし、いってらっしゃいのキスだって……。

思い出してキュンとしていると、茜はのろけるなと言わんばかりに釘を刺してくる。

《問題はこれからだよ。だんだん相手の知らなかった部分が見えてくるだろうから。恋愛結婚だろうとそうじゃなかろうと、乗り越えなきゃいけないところは一緒だね》

確かに、たとえ恋人と結婚するとしても、相手と自分の違いを認めて妥協していかなければうまくいかない。逆に、すべてを受け入れられれば契約結婚でも幸せになれるはず。私たちも然り。

暁月さんは今のところスパダリな一面しか見せてきていないが、城戸さんも言っていたようにそれが彼のすべてではないだろう。でも、こじらせ面倒女子の私を妻にしてくれた人なのだから、私もどんな彼も受け入れたいと思う。

「そうだね。努力するって決めたから、夫婦になれるように頑張る」

自分にも言い聞かせるように宣言すると、茜も微笑んで頷いた。

私の話ばかりじゃなく、彼女の近況も聞きたい。私が松本を離れる頃、彼氏とは若干倦怠期っぽいようだったから気になっているのだ。

「茜のほうこそどうなの？　倦怠期は無事脱出した？」

《うーん……ダメだね》

「えっ」

絶望的なひと言が飛び出て面食らってしまった。きっとマンネリは一時的なもので、また仲よくやっているだろうと予想していたから。

《最近ますます気持ちが離れてきちゃってさ。前みたいには戻れないかも》

「そんな……なにかあったの？」

《彼との間ではなにも。ケンカすらしなくなったし、それも問題だよね。この人しかいない！って思ってたはずなのにな……》

寂しげな表情でしみじみと語る彼女に、どういう言葉をかけたらいいのだろう。恋愛経験の乏しい自分が情けない。

茜は切なげに微笑み、どこか達観した様子で言う。

《恋愛ってどうなるか本当にわからないね。だから、結婚してから恋愛しようとしてる莉真たちも、うまくいく可能性は十分あるよ》

「……うん、ありがと」

自分のことはさておき、私を励ましてくれる茜はとても素敵だと思う。

それからも気の利いた言葉はたいしてかけられなかったけれど、本音でたくさん話をしながら、彼女も幸せになってほしいと心から願った。


入籍から三日目、暁月さんが帰宅するその日、オフィスを出るとたまたま添田さんと会った。彼女はこれから航空保安大学校時代の仲間との食事会があるらしく、駅まで一緒に向かうことにした。

添田さんは仕事から離れても基本クールだけれど、今も「こっちに来て困ったことはないか？」と気遣ってくれる、とてもいい人。皆に的確な指示を出す姿はもちろん、オフの時も素敵で私はすっかりファンになっている。

そんな彼女は、空港事務所を出てターミナルビルに向かって道路を渡ろうとしたところで「あ」と声を発した。彼女の視線の先を追うと、こちらも眼鏡をかけたスーツ姿の男性がいる。

品のよさそうなイケメンさんも、添田さんに気づいてふわりと微笑む。

「あれ、添田さん。お疲れ様です」

「お疲れ。まだ異動にならなかったんだな」

「そうなんですよ。妻が妊娠中なので考慮してくれているみたいですね」

「ああ、そうだった。改めておめでとう」

話の内容からしてどうやら同業者、そして順風満帆な結婚をしているらしき彼を、添田さんが紹介してくれる。

「管制官の泉《いずみ》。大学校にいた時からの、ひとつ下の後輩だ」

「はじめまして。泉です」

流麗な雰囲気を漂わせて会釈した彼は、私たちの事務所の隣にそびえる管制塔で働いている人物だった。私はシャキッと背筋を伸ばして「はじめまして！　運航情報官の降旗です」と挨拶を返した。

添田さんのひとつ下ということは三十七歳になるが、綺麗な顔立ちの泉さんは三十代前半に見える。眼鏡もスーツもめちゃくちゃ似合っていて、これで航空管制をしているのは絵になりすぎる。

泉さんも食事会に参加するというので、添田さんを真ん中にして三人で歩き出した。彼はとても物腰の柔らかい人で、私にも気さくに話しかけてくれる。

「添田さんはやり手だから、下についてると勉強になるでしょう。学校にいた頃から、皆より頭ひとつ飛び出てるって有名だったんだよ」

「そうだったんですね。本当に、アドバイスもわかりやすくて尊敬しています」

ご機嫌取りなどではなく、心からそう言った。添田さんは表情を変えないが、泉さんは微笑んで頷く。

「普通の男より男前だしね。好きなタイプは力士でしたっけ」

「ああ。そこら辺の男たちはいろんな意味で軟弱すぎる」

真顔で答える添田さんに、つい噴き出しそうになった。お相撲さんに抱き留められる彼女を想像すると、意外すぎて笑えてくる。

そんな調子で仕事とプライベートの話を交えながらターミナルビルを歩いてしばらくした時、添田さんはコンビニの前で足を止めた。

「ちょっと寄っていく。先に行っててていいぞ」

「待ってますよ」

泉さんが快く答え、添田さんはコンビニに入っていく。私も特に急いでいるわけではないので一緒に待っていようと思い、辺りを見回したその時。

「……あ」

人混みの中でひと際異彩を放つ人物に目が留まり、思わず声を漏らした。堂々と歩いているその人は、四本線の入った制服に制帽を被ったパイロット——暁月さんだったから。

今、帰ってきたんだ。ここ数日あまり天候はよくなかったけれど、問題なくフライトを終えられてよかった。

二日ぶりに彼の姿を見てほっとすると同時に、隣を歩くひとりのＣＡに気づいて目を見張る。

前髪を斜めに流してボブの髪を耳にかけた、顔立ちからして清楚な雰囲気が伝わってくる美人。暁月さんと楽しそうに話している彼女は、彼の制服の袖をちょいちょいと引っ張り、顔を近づけてなにかを耳打ちするような仕草を見せた。

……明らかに距離が近い。暁月さんも気を許したような笑みを浮かべているし、仲がよさそうなのは一目瞭然だ。彼女は他の人たちとは違うと直感する。

もしかして、あの人が噂の女性？　女の直感でそう思い、胸に急激にもやが広がり始める。

私の異変に気づいた泉さんが、不思議そうに同じ方向に目をやる。そして「ああ、相良機長」と呟いた。管制官もパイロットとはそこまで繋がりはないはずなのに、彼までもが知っているのか。

「彼も相当敏腕なんだろうね。日本アビエーションで最年少の機長になったやつをよく知っているけど、あの仕事は並大抵の精神力じゃできない。男の僕もカッコいいと思うくらいだし、やっぱりＣＡは放っておかないか」

終始親しげにオフィスのほうへ歩いていく彼らを目で追い、泉さんは小さく苦笑を漏らした。彼の目にも、あの女性の距離が近いように映ったのかもしれない。

ふたりの関係を知りたい欲がむくむくと膨らみ、ダメもとで問いかけてみる。

「相良さんとあのＣＡさんが一緒にいるところ、よく見ますか？」

「いや、僕はそんなに。でも女性陣が話してるのは聞くよ。確か黒髪ボブの美人って言ってたから、あの子かもしれないね」

「そうですか……」

ますます彼女が有力候補になる。私の心は晴れるどころか淀んでいく一方だ。

暁月さんの隣に並んでも、まったく違和感がなくてお似合いだった。私なんかより、よっぽど釣り合っている。

なのに、どうしてふたりは一緒にならなかったのだろう。なんで私と……。

一昨日からずっと堂々巡りしている私に、泉さんが率直に問いかける。

「気になる？」

「えっ⁉　あ、えぇと……はい」

ああ、素直に認めてしまった。泉さんは普段会う人じゃないから、なんとなく取り繕わなくていいかなって。でも、暁月さんのことが好きなんだと思われただろうな。

後になって恥ずかしくなっていると、彼は意味深な笑みを浮かべる。

「そうだよね。だって君は、マンションに来るほどの仲なんだから」

ん？　マンション？

一瞬固まって目をしばたたかせた私は、驚きと戸惑いの声をあげる。

「えぇえっ⁉　な、なんでそれを……」

「僕も相良くんと同じところに住んでるんだよ。ついこの間、君たちを見かけた」

にこにこしている泉さん……まさか同じマンションの住人だったなんて！　彼も何人か住んでいる航空関係者のうちのひとりだったのか。

「だから暁月さんのことも知っていたんですね」

「そう。僕の友人もパイロットだから、その繋がりでもあるけど」

いろいろと納得して、頷きつつ息を吐いた。まだ私たちが結婚したのは知らないようだが、暁月さんが報告するかもしれないし、そうでなくても自然にわかりそう。

泉さんはスクエアフレームの眼鏡を指で押し上げ、やや身を屈めて小声で言う。

「相良くんの女性関係について詳しくはわからない。でもひとつ確かなのは、あのCAの子をマンションでは一度も見てない、ってこと」

目を見張る私に、彼は「頑張ってね」と微笑みかけて体勢を戻した。

彼女、マンションには来ていないんだ。泉さんが見ていないだけだから断定はできないけれど、来ていたとしても頻繁ではなかったようなのでほっとする。

というか泉さん、たぶんちょっとだけ楽しんでるよね……？　まったく嫌な感じはしないし、むしろ今の情報はありがたいのだけど、なんとなく。

彼のいたずらな一面に苦笑いを返していると、コンビニから添田さんが戻ってきた。その手には小さなビンの栄養ドリンクを持っている。

「待たせてすまない」

「さすがの添田さんも肝臓は弱いみたいですね」

泉さんのツッコミに笑い、少しだけ話をしてからふたりと別れた。短い時間だったけれど、先輩方とのひと時はとても有意義だった。

しかしひとりになると、先ほど見たツーショットが蘇って頭から離れなくなる。泉さんはああ言っていたけれど、ふたりの様子を見るにまだ過去のことだと割り切ってはいけないような気もする。

でも、すべては人から聞いた話。暁月さん本人の口から聞くまでは、あれこれ考えても無駄だ。とりあえず今夜のことを考えて気を紛らわせよう。

食材は昨日のうちに買っておいたのでマンションに直帰し、すぐに夕飯を作り始める。結婚のよさを感じられると言えば、まずは美味しい食事が用意されていることだろう。

暁月さんはあの後業務の報告を行って、問題がなければそのまま帰ってくるはず。今夜のメニューは前に話していた通り、バーニャカウダや、わさび醤油が効いたチキンソテーなど、和洋折衷なシエラの料理。私は明日も仕事だけれど、ちょっとだけ一緒にお酒を飲もうかな。

余計なことは考えずてきぱきと調理していた時、玄関が開く音がした。主人の帰りを待っていた犬のようにそちらへ向かうと、勤務後のわずかな気だるさを漂わせた暁月さんが靴を脱いでいた。

「おかえりなさい、暁月さん」

「ただいま」

家族としての挨拶をして微笑む彼を見ると、なんだか温かい気持ちが湧いてくる。彼も同じなのか、安心したような表情を浮かべている。

「迎えてくれる人がいるっていいね。美味しそうな匂いもするし」

「そうでしょう。ご飯、もうちょっと待っててください」

思惑通り、少しだけよさを実感してくれたかな。嬉しくなる私に、暁月さんは「ありがとう」と優しい声をかけ、自然に頭を撫でた。

胸がほんわかすると同時に、きゅっと締めつけられる感覚を覚える。たぶん、彼がこうやって甘く微笑みかけるのは、私だけじゃないのだと実感したから。……やっぱりなにも考えないのは無理だな。

料理を完成させ、ダイニングテーブルにふたり分並べて向き合って座る。食べ始めてすぐに「ん、すごくうまい」と頬を緩める彼を見て嬉しくなるものの、素直に喜べない自分もいた。

食事を終えた後はお互いにシャワーを浴びて、暁月さんが北海道で買ってきてくれたワインを少し嗜んだ。とても美味しかったので飲みすぎないようになんとか自制し、ほろ酔い状態で歯を磨く。

口の中だけはすっきりしてリビングに戻ると、暁月さんも寝る支度を整えていて私に手を差し出す。

「莉真、おいで」

そこではたと思い出した。次こそ同じベッドで眠ろうと決めていたではないかと。

やばい、別のことばかり考えていて忘れていた……！　一気に心拍数が上昇し始めるも、拒否する気はないのでそろそろと従順に彼の手を取る。

そのまま連れてこられたのはやはり寝室。暁月さんは先にベッドに座り、私の手を引いて自分の脚の間に私を座らせた。

直後、後ろからすっぽりと抱きしめられて心臓が飛び上がる。

背中にぴったりとくっついた彼の身体と体温、耳をくすぐる吐息。自分のすべてが包み込まれているみたいで、すごくドキドキするのに安心感がある。

「……あったかい」

「ああ。こうやって抱きしめたことなかったなと思って。キスはしたのに」

耳元で囁かれる声が脳に直接響くようで、とろけそうになる。

どうしよう……聞きたい。あの人とはどういう関係なのか。彼女ともこうやって甘い時間を過ごしたのか、愛していたのかって。

「あの、暁月さん」

今なら勢いで聞けると踏んで振り返ると、綺麗な顔が目前に迫る。彼は穏やかな瞳で私を見つめ、さらりと前髪を揺らして「ん?」と首をかしげた。

彼と目を合わせた途端に喉が締まり、中途半端に開いた私の口からは考えていたものとは違う言葉が勝手に出てくる。

「え、っと……今日、管制官の泉さんに会いました。私の上司と繋がりがあって。彼もここに住んでるんですね」

「ああ、そういえば教えてなかったな。結婚の証人になってくれた先輩の友人なんだ。彼と、先輩にも改めて近々一緒に挨拶しに行こう」

泉さんたちがとても優秀で、プライベートでもよくしてくれているという話に相づちを打ちながら、内心肩を落としていた。

さっさと聞けばいいのに、どうしてためらってしまうのだろう。彼のことを全部知った上で生きていきたいと思っていたのに。

バックハグされたままもどかしさを抱いていると、話が途切れたところで暁月さんが問いかける。

「俺がいない間、拓朗からなにもされなかったか?」

そういえば、すっかり城戸さんのことが頭から抜けていた。彼が気にならなくなってきたのはいい傾向なのだが、代わりに頭の中を占めているのは喜ばしいものじゃないので複雑だ。

「はい、なにも。ただ、私たちは普通の恋愛結婚ではないって薄々感づいているみたいです」

「あいつ、そういうところ勘が鋭いからな。まあ想定内だけど」

たいして気にしていない様子の暁月さんだが、意味深な視線をこちらに向ける。

「でも、つけ入る隙があると思われるのは癪だから、けん制しておこうか」

「けん制？」

どういう意味だろうと頭にハテナマークを浮かべたのもつかの間、彼が私の首に顔を近づけてくる。同じシャンプーの香りが強くなると共に髪がくすぐり、首筋に唇が触れる。

「ひゃ……っ！」

直後にチリッとした痛みを感じた。一瞬なにをされたのかわからず呆気に取られる私に、彼は不敵に口角を上げる。

「莉真は肌が白いから目立つね、俺の印」

そう言われて、みるみる顔が熱くなった。

今の、キスマークをつけたの⁉　けん制の意味を理解して、どぎまぎしつつ吸われた首に手を当てる。

「ちょっ、ここ見えるんじゃ⁉　髪で隠さないと！」

「見えなきゃ意味がないだろ」

飄々としている暁月さんは、「髪を結んでる莉真も可愛いよ」なんて言って笑う。

城戸さんだけじゃなく他の職員にも気づかれたら困るのだけど、彼のものだという印をつけられたのはちょっぴり優越を感じた。

隠す隠さない論争を繰り広げた後、お互いにあくびをし始めたので私たちは自然にベッドに入った。ただ隣に横になって、身体を向き合わせる。

私の髪をひと撫でして「おやすみ」と囁いた暁月さんは、やはり疲れていたようですぐに瞼を閉じた。トクトクと鳴る自分の心臓の音を感じながら、貴重な寝顔を眺めて思いを巡らせる。

彼がいつも甘く微笑んで触れるのは、私に恋愛感情があるからじゃない。自分を好きにさせようとしているからだ。

私も、過去の恋を吹っ切るために彼を好きになりたいと望んだ。なのに今は、暁月さんから向けられる笑みも言葉も偽物のように思えてしまって……切ない。

さっき噂の女性について聞けなかったのも、もし暁月さんが心から愛した人だったとしたら、きっとさらに苦しくなってしまうからなんだろう。

「私、そんなに愛されたがっているのか……」

綺麗な寝顔を見つめたまま、ぽつりと呟いた。

幸せな家庭を築くためにお互いに恋をしようとしているけれど、恋って努力してできるものなのかなと、今さらながら思う。『好きになってもらえるように善処します』なんて言ったくせに、どうしたら愛してもらえるのかわからない。

――『俺も好きだよ』

ふいに、城戸さんにかけられた呪縛のようなひと言が蘇る。あの時も勘違いだったし、暁月さんの甘い言葉も鵜呑みにできない自分がいる。

規則正しい寝息につられて、私も重くなった瞼を閉じた。浮かぶのはついさっきまでの甘いひと時と、それとは真逆の空港内で見たツーショット。

いつか、私たちは相思相愛の夫婦になれるのだろうか……。今はまだ、視界不良のぶ厚い雲の中をさ迷っている。

赤い跡を残された翌日、私は普通に髪を下ろして出勤したにもかかわらず、案の定城戸さんが眉根を寄せて首筋をじっと見てきた。本当に鋭いというか、目ざといというか。

『そうやって主張されると余計怪しい』といまだに疑う彼に、『普通に仲がいいだけです』と返したけれど、自分で言っていてちょっと虚しくなった。

そのキスマークも消えた頃、世間はゴールデンウィークに突入。なかなかタイミングが合わずゆっくり話せていないが、連休終盤に暁月さんと一日だけ休みが合ったので、初めて映画デートをすることになった。

デート自体初めての私は服を選ぶところからかなり悩んだが、お手本通り細身の白いワンピースに、パステルカラーのシアージャケットを羽織った甘めのスタイルに。髪はふんわりと低めのお団子にしてみた。

暁月さんはこれも見逃すことなく、可愛いと褒めてくれる。本人の、七分袖のカーディガンに黒のパンツを合わせた休日スタイルも相変わらず完璧だし、歩いている時は手を繋いでいてくれるし、どこを取ってもスパダリだ。

六本木《ろっぽんぎ》のカジュアルなレストランでランチをした後、お互い気になっていたミステリー映画を観て、ぶらぶらショッピングをする。定番すぎるデートコースだけれど、私にとっては新鮮でとても楽しい。

こうしていると人並みの夫婦になれたみたいで胸が弾む。例の件についてはまだ聞けていないけれど、今日はせっかくのデートだから単純に楽しもう。

ファッションビルの中を気ままに歩いている最中、暁月さんに電話がかかってきた。ついでにお手洗いにも寄ってくるというので、その間ひとりで近くのテナントを眺めて待つ。

目に留まったのは、きらびやかなジュエリーショップ。そういえば結婚指輪を買っていないなと思い出し、なんとなく足を向けた。

ショーケースの中に飾られた、小ぶりなダイヤを中心に優美なカーブを描くリングを見下ろす。エレガントなデザインのそれに惹かれて見入っていると、女性スタッフがにこにこしながら声をかけてくる。

「結婚指輪をお探しですか？」

「いえ、すみません。綺麗だなって見惚れていただけで」

「ありがとうございます。こちらは新作でして、デザインだけでなくつけ心地にもこだわっているんです。普段使いができるようにフォルムも計算されていまして……」

丁寧に説明してくれるのはありがたいのだけど、買うつもりはないので少々困ってしまう。なにせお値段は私の月給に近いし。

でも、見るだけならタダだ。やっぱり結婚指輪にも憧れはあるので、相づちを打ちながらうっとりと眺めていた時。

「結婚指輪、気に入った?」

すっと隣にやってきた暁月さんが問いかけた。

ひとりで指輪を見ていたのがバレてなんだか気恥ずかしいけれど、値段は置いておいて正直に答える。

「はい、好きなデザインだなと……」

「じゃあ買おう」

「えっ⁉」

即決で購入に向けて話を始めるものだから、スタッフさんが嬉々として奥へ下がったタイミングで慌てて彼を止める。

「ダメですよ、あんなお高いの!」

「婚約指輪は給料三カ月分ってよく言うだろう。それに比べたら」

「それはただ企業が考えたフレーズですよ!」

しかもちょっと古いし……と心の中でツッコむも、彼の気持ちは揺るがないらしい。

店内のテーブルに案内されてサクサクと話が進められ、指のサイズまで測られて、もう後には引けなくなる。

本当にいいんだろうかと戸惑っていると、ふいに暁月さんが落ち着いた口調で語り出す。

「指輪って、相手を縛る象徴みたいであんまり好きじゃなかったんだけどね。母親が残していった唯一のものが指輪だったし」

確かに、結婚指輪は所有の証のようなものでもあるだろう。じゃあなおさらどうして買うんですか、と口を挟もうとしたものの、彼は頬を緩めて「でも」と続ける。

「莉真がすごくいい顔して見てたから、自然にプレゼントしたくなった。受け取ってくれたら嬉しい」

彼が優しい笑みを浮かべるので、じわじわと喜びが込み上げてきた。

そんな風に言われたら、もうなにも反論できなくなる。ここは素直に甘えてしまおうか。

「……ありがとうございます。私は、結婚したら指輪はつけるものだと当然のように思っていたから憧れがあったんですけど、それをもらえること以上に暁月さんの気持ちが嬉しいです」

口元をほころばせてお礼を言うと、彼も満足げにしていた。結婚に対する彼のイメージも少し変わってきていたらいいな。

私にとってこの指輪は、ふたりで一緒に生きていく証。それを身につけられるというのは、とても感慨深いものがあった。

指輪のオーダーを終えると、夕飯は家で作ることにしてスーパーに寄った。食材を買ってマイバッグに詰めているところで、伝え忘れていたことを思い出す。

「明後日の夜、職場の皆と食事してきてもいいですか？　歓迎会と一緒に結婚祝いもしてくれるみたいで」

明後日は暁月さんが地上勤務の日。いつもなら夕飯を作るが、この日は職場から直でお店に向かうので用意できなさそうだ。

空いたカゴを定位置に戻そうとしていた彼は、ぴくりと反応して問いかける。

「職場の皆ってことは、拓朗もいる？」

「あ、はい……。でも、ふたりきりにはならないので心配しないでください」

皆といっても、来るのは私が所属する飛行場援助業務室のメンバーの三人だけ。あんなに大きな事務所の中にいても、食事できるほどの仲になる人は案外少ないのだ。でも、添田さんがいてくれれば大丈夫だろう。

暁月さんは納得したように頷き、「わかった。楽しんでおいで」と了承してくれた。

しかし、彼はどことなく浮かない表情で、私から目を逸らすように視線をバッグのほうに向ける。

「これからも、誰となにをするかは君の自由だ。俺も必要以上に詮索はしない」

その言葉に急に突き放されたように感じて、私の顔から笑みが消えた。

誰となにをしても自由……じゃあ、たとえば私が他の男性とふたりで出かけてもいいっていうの？　極論、浮気をしても許すと言っているようにも受け取れてしまう。

一応夫婦なのだし、世間体というものもあるのに。というか、暁月さんは私にそこまで興味がないんだろうか。思わずムッとして口を開く。

「それは、私が浮気してもいいってことですか？」

「違う。君を信じてるんだよ」

再びこちらを向いた彼に落ち着いた声で言われ、私は押し黙った。

「莉真は誰かを裏切るような人じゃない。そうわかっているからこそ、君の行動を制限したくないんだ」

神妙な面持ちの彼の言葉を聞いて、先ほどの指輪のエピソードを思い出す。それと同じで、お父様のようになりたくないから、私を自由にさせようとしているのだと納得した。けれど——。

「……裏切ったりなんてしません。絶対に」

一直線に目を見つめて断言した。視線を絡ませた彼は、ひと言では言い表せない複雑な笑みを見せ、食材を入れたバッグを持つ。

あなたを苦しめるようなことも、後ろめたくなるような行いもしない。私がそういう人だと信じてくれているのは嬉しい。

でも、少しは心配してほしいな……なんて思うのはわがままだろうか。この面倒くさい女心はどこまで主張していいものなんだろう。

結婚指輪をプレゼントしてもらえて、自分が彼の特別な存在に近づけた気がしたのに、やっぱり一線を引かれているようにも感じる。

空いているほうの手を再び握る。繋がっているのに言いようのない寂しさを覚えつつ、夕暮れの街へ足を踏み出した。

赤裸々コンタクト

初デートから二日後、ゴールデンウィークを終えて繁忙期を乗り切った私たちは、仕事を終えてから予定通り三人でスペインバルへ繰り出した。

店内はわいわいと明るい雰囲気で、私は城戸さんと隣り合ってテーブル席に座った。それぞれ頼んだお酒とタパスが運ばれてきたところで、添田さんが乾杯の音頭を取る。

「じゃあ改めて。降旗さん、遅ればせながら羽田へようこそ。そして結婚おめでとう」

「おめでと～」

城戸さんが続き、私は「ありがとうございます」とペコペコ頭を下げて皆でグラスを合わせた。

最近の城戸さんは私たちの結婚に対して特に口出ししたりせず、至って普通に働いている。相変わらず甘い発言もぽんぽん飛び出るけれど、ただの冗談としてかわせるようになってきた。

同僚として彼と話をするのはすごく楽しいので、今も航空業界の話で盛り上がっている。

「松本空港はやっぱりパイロット泣かせだったのか？　私は行ったことがないんだ」

同じ場所での経験がある私たちに、添田さんがビールのジョッキを片手に尋ねた。

松本空港は独特な地形に位置しているため、以前は日本一着陸が難しい空港だとされていた。暁月さんも『松本空港は侵入経路が特殊だからアプローチは緊張する』と言っていたし、きっと間違いではないのだろう。

城戸さんもジョッキを置いて頷く。

「まあ難しいでしょうね。三千メートル級の山に囲まれていて風向きが予想しにくいし、標高が高いからエンジンパワーが出にくくて離陸性能も下がるし」

「ロケットスタートする時も多いですよね」

城戸さんの言う通り、空気が薄い高地では機体を浮き上がらせるための揚力が減少するので、滑走路を長く使う必要がある。松本空港は滑走路が二千メートルしかないので、最初からエンジンをフルパワーにして一気に加速する時も多々あるのだ。

父のようなマニアにとっては、ロケットスタートはカッコよくて魅力的らしいが、パイロット泣かせではあるかもしれない。

私のひと言に、城戸さんも懐かしそうに「そうそう」と同意した。

「でもやっぱり難しいのは着陸だろうな。俺がやってた時はＩＬＳがついていなかったから、今はまだマシだと思うけど」

ＩＬＳというのは計器着陸装置ともいい、視界不良時にも安全に滑走路上まで誘導する計器進入システムのこと。これが設置されていない頃は、パイロットは目視、かつ手動だけで着陸しなければならなかった。

そんな時に助けになるのが、私たち運航情報官の声だ。城戸さんは特に伝達が細やかで、パイロットが少しでも判断しやすくなるよう手助けしている。

「松本でのそういう経験があるから、城戸さんの交信は丁寧なんでしょうね。ただすべてを伝えるんじゃなくて、パイロットが欲しい情報を厳選してベストなタイミングで与えているのは尊敬します」

今でも感じていることが、自然に口から出ていた。城戸さんは驚いたように目を丸くして私を見た後、ちょっぴり照れたような笑みをこぼす。

「そんなにたいしたことはしてないと思うけど」

「少なくとも、私にとってはそうなんです。城戸さんが交信しているのを最初に見た時から、あなたが私の目標になっていたんですから」

恋していた頃を思い出してしまうからとずっと秘めていた気持ちを、なぜか今はすんなりと口にすることができた。これはたぶん、お酒のせいではない。

真剣な面持ちで私を見つめる彼と目を合わせても、もう胸が痛まなくなっているのに気づく。……私、やっと吹っ切れた？

心穏やかに彼に笑みを向けると、添田さんが不思議そうな顔をしてテーブルに身を乗り出す。

「ん？　城戸が松本でやってた頃から知り合いだったのか？」

そういえば、その時からの付き合いだとは言っていなかったっけ。城戸さんは表情をほころばせて頷く。

「ええ、実は。莉真ちゃんの学生時代も知ってるんですよ。制服姿も可愛かったなぁ」

「セクハラ親父みたいな発言やめてください」

しょうもない言い合いをする私たちを眺める添田さんは、納得したように言う。

「そうか、だからふたりの交信の仕方が似ているんだな。さっき降旗さんも言ったように丁寧かつ的確だから、どちらにも安心して任せられるよ」

上司からお墨つきをもらえるのは本当に嬉しい。思わず口元が緩む私を、城戸さんも優しい眼差しで見ていた。

「城戸が降旗さんを大切にしてる理由もわかった気がする。他の女とは明らかに接し方が違うだろう」

添田さんがそう続けるので、私たちは同時にぴくりと反応した。

他の女性とは接し方が違う？　自分では全然わからないけれど、そんな風に見えているのだろうか。城戸さんも「そうですかねぇ？」と曖昧に答えているし、ただ手を出されていないから添田さんがそう感じるだけかもしれない。

あまり気にせず、それからもマニアックな話に花を咲かせた。飲み始めて一時間ほど経った頃、私たちの席を通り過ぎようとしたひとりの女性に、突然城戸さんが声をかける。

「あれ、望《のぞみ》？」

添田さんと共に女性のほうへ顔を向けた私は、大きく目を見開いた。

そこにいたのは、淡い水色のシフォンワンピースを纏った、黒髪ボブの清楚な美女――暁月さんと親しげにしていたあの女性だったから。

彼女も目を丸くして、「拓ちゃん！」と声をあげた。どうやら城戸さんとも仲がいいらしく、添田さんは眼鏡の奥の瞳を訝しげに細める。

「……城戸の女のひとり？」

「なんでそうなる。幼馴染ですよ」

仏頂面になってツッコむ城戸さん。まさか、そんな繋がりがあったとは。

ふふっと上品に笑った彼女は、私と添田さんを交互に見て会釈する。

「はじめまして。ヒノモト航空のＣＡをやっています、倉科《くらしな》望です」

声も透き通っていて愛らしい彼女は、男性なら誰もが惹かれるのではと思うほど可憐な人だ。心臓がドクドクとわずらわしい音を立て始める。

内心動揺しつつも、軽く自己紹介する添田さんに続いて、私も「降旗です。はじめまして」と挨拶をした。雰囲気がとても柔らかく愛想のいい彼女に、城戸さんが問いかける。

「ひとり？」

「あ、うん。ここで待ち合わせしてたんだけど、向こうが急用で遅くなるらしいから帰ろうと思ったとこ」

望さんが眉を下げて笑うと、添田さんが自分の隣の椅子をぽんぽんと叩く。

「じゃあ来なさい、隣に。私たちと一緒に飲めばいいじゃないか」

「えっ……でも、お邪魔になるんじゃ」

「構わない。花は多いほうがいいんだ」

戸惑う望さんを手招きした添田さんは、「ほらほら」と半ば強引に座らせようとしている。いつもの彼女と様子が違って呆気に取られる私に、城戸さんが苦笑いして小声で言う。

「添田さん、酔うとオジサンの上司みたいになるんだよね。しかも人を選ばず絡む」

「い、意外……」

確かに、ほんのり頬が赤くなっているし若干目も据わっているから酔っているのはわかるけれど、本当にキャバクラに来たオジサン上司みたい。

普段とのギャップに笑いそうになるも、城戸さんは私の耳に顔を寄せて囁く。

「あと、望だよ。暁月と噂があったのは」

はっきり告げられて、心臓がひと際強く波打った。また表情を強張らせる私を、彼は試すような目で見ている。

やっぱり望さんだったんだ……。城戸さんと幼馴染なら、それ繋がりで暁月さんとも昔から仲がよかったとしても納得する。でも、長い時間を彼と過ごしてきたのかもしれないと思うと、全然すっきりしない。

ひとり悶々とする私はさておき、席についた望さんは添田さんに促されてお酒を頼んだ。それが運ばれてきて改めて乾杯したところで、望さんが和やかに微笑む。

「情報官の皆さんと食事するのは初めてです。拓ちゃんとも久しぶりだね」

「ここんとこ忙しかったしね。前は暁月と三人で飲みに行ったのにな」

「うん。あっくんとは最近仕事で会うほうが多い気がする」

わざとらしく暁月さんの名前を出す城戸さんに続いて、望さんも親しいことが明白な発言をした。私は表面上は笑みを作っているものの、汗をかいたグラスを無意識に握りしめる。

あっくんって呼んでるんだ……へえ……。まあ、幼馴染ならまったく不思議じゃないんだけど。呼び方はなんでもいいんだけど。

心の中でぶつぶつ言いながら、隙のない美しい所作でアヒージョを口に運ぶ望さんを眺めていると、添田さんがずいっと彼女に迫る。

「君、相良機長とどんな関係なんだい？」

おっと添田さん、直球な質問をさらっと！　私も聞きたかったので一気に耳を大きくして注目する。

「拓ちゃんと同じ、幼馴染ですよ。家が近所だったんです。私は今二十八歳なのでふたりは六歳も上なんですけど、よく一緒に遊んでくれて頼りになるお兄ちゃんみたいな存在でした」

「それだけか？」

「それだけですよ。残念ながら」

疑い深い添田さんに笑って答えた彼女だが、その表情はどこか寂しげに見えて気になった。

最後の『残念ながら』は、添田さんの希望に添えなくてという意味なのか、それとも……彼女自身が幼馴染以上の関係を望んでいたから？　深読みしすぎだろうか。

推察しつつピンチョスをつまんでチーズをぱく、と口に入れた時、ふいに城戸さんが含みのある瞳で私を一瞥する。

「あいつ、まだ望に紹介してないでしょ。莉真ちゃんのこと」

「え？」

「この子、暁月の奥さん」

キョトンとする望さんに、彼は手で私を示してそう言った。私も彼女も息を呑む。

き、城戸さん、藪から棒に……！　いずれわかるし、打ち明けないのも変だからいいのだけど、めちゃくちゃ気まずい。

彼女は結婚したこと自体知っているんだろうかと内心どぎまぎするも、「はい、実は」と頷いて精一杯自然な笑みを作った。

瞠目していた望さんだったが、ゆっくり表情を緩めていく。

「そうだったのね、あなたが……。あっくんが言っていた通り、可愛いお嫁さんだわ」

どうやら暁月さんが話していたみたいだ。しかし笑みに覇気がなく、すぐにまつ毛を伏せる仕草が、彼女の心情を如実に表している気がした。

そこで一旦、暁月さんの話題は終了。仕事と世間の話をしながら、酔っ払った添田さんが面白くて笑わせてもらっているうちに、気まずさは薄れていた。

午後九時半を回る頃、添田さんはおもむろにお札を置いて、血色のいい顔のまま席を立つ。

「さて、そろそろタクシーが来る頃だ」

「添田さん帰っちゃうんですか～？」

私もいい感じに酔いが回ってきて、かなりフランクに上司に絡んでしまう。添田さんとこんなに楽しくお酒が飲めると思わなかったから名残惜しい。

「ああ、私は明日も早いから。あとは若い者同士で」

「添田さん、仲人じゃないんだから。ていうか、年そんなに変わらないでしょ」

いつもツッコミ役の城戸さんは、「下まで送りますよ」と腰を上げたものの、添田さんは「介抱は必要ない」と男前に拒否する。オジサン化しているとはいえ、口調も足取りもしっかりしているので確かに問題なさそうだ。

軽く手を振って帰っていく彼女を見送った後、城戸さんがなにげない調子で問いかけてくる。

「莉真ちゃんは迎えに来ないの？　旦那」

またそうやってわざとらしく……とため息をつきたくなるも、平静さを保って返す。

「特に約束はしてないです。彼は明日も仕事なので」

「だよね。暁月って甲斐甲斐しく尽くすタイプじゃないもんな。今でこそだいぶ丸くなったけど、学生時代は裏番長みたいなもんだったし」

サーモンとアボカドのピンチョスをつまむ彼からさらっと出たひと言に、私はギョッとした。

「裏番長!?　暁月さんが？」

「そういえば噂されてたね。成績優秀なのに裏で不良たちを操ってるって。あながち間違いじゃなかったみたいだけど」

「ええ!?」

望さんも苦笑交じりにそう言うので、驚きを隠せなかった。いくら意地悪な一面があるとはいえ基本紳士的で優しい彼が、そんなハードな過去を持っているなんて！

城戸さんはクスッと笑い、懐かしそうな目をして話し出す。

「俺らの学校には当時誰も逆らえない不良の先輩が幅を利かせてて、暁月は自分が指図されるのを本気で嫌がってたからそいつを黙らせたんだよ。ケンカじゃなくやり込める方法を考えて、陰で密かに制裁してた」

「頭脳派だったってことですか。それで裏番長と……」

「そう。別に操ってるわけじゃなかったんだけど、表では笑顔で人当たりのいい優等生だったから、そんな風に言われてたわけ」

なるほど。確かに腹黒さの名残りはあるし、想像できなくはない。

城戸さんだけじゃなく、暁月さん本人も自分のことを『扱いづらい男』だと言っていたのも、こういう過去があったからなのか。私は武闘派より頭脳派のヒーローが好きだからカッコいいと思ってしまうけど……って、これは漫画やドラマの話じゃなかった。

酔っているせいで頭に浮かぶ、インテリヤクザと化した暁月さんの姿を掻き消し、真面目な思考に戻す。

「暁月さんが不良の先輩を懲らしめたのは、お義父様と似ていたからなんですかね……」

今の話を聞いてなんとなく既視感を覚えたので、ぽつりと呟いた。

皆を抑圧し、誰も逆らえない権力を持ったその先輩とお義父様を重ねて、鬱憤をぶつけたのではないか。そう考えていると、城戸さんは「だと思う」と肯定し、望さんも複雑そうな顔で頷いた。

「押さえつけられた反動だったんだろうな。相手を縛るのも縛られるのも嫌いだから、恋愛も〝来る者拒まず、去る者追わず〟のスタンスだったよ。暁月自身が裏切ることはしなかったけど、彼女が浮気してもまったく気にしてなかったし、誰にも本気にならないんだろうって言われてた」

それには思い当たる節がいくつもあるので、きっと本当なのだろう。

指輪が好きじゃなかったという話や、私が誰となにをするかは自由だと言ったこと、そもそも彼が結婚に夢を抱いていなかったのも、すべては相手を縛りたくないからだ。

昔のそのスタンスは、今も同じなんだろうか。私に対しても本気にはならない……？

「実際、結婚なんて絶対しないって言い切ってたしね。あいつが一緒になれる相手がいるとすれば、望くらいだと思ってたよ」

城戸さんの口から遠慮なく放たれた言葉で、肺から徐々に酸素が抜かれるみたいに苦しくなっていく。

彼は、私が本当に暁月さんを愛しているのかどうかを確かめようとしているんだろうか。それとも、暁月さんと望さんがそういう仲なのだと私にわからせようとしているの？

どちらにせよ、ずっと胸の奥でくすぶっていたモヤモヤに、ついに火がついたかのごとく熱くなってきた。望さんは慌てた様子で前のめりになり、城戸さんを制しようとする。

「ちょっ……拓ちゃん！　私は本当にただの幼馴染で――」

「好きだったんですか？」

俯き気味になっていた私の口から、尋問さながらの声がこぼれた。もう自分の中で留めておくことはできない。

押し黙る彼女を見上げ、もう一度ストレートに問いかける。

「今も好きですか？　暁月さんのこと」

望さんは宝石のように綺麗な目を見張った。私をじっと見つめた後、長いまつ毛をゆっくり伏せて桜色の唇を動かす。

「……好きだったとしても、どうにもならないのよ。私には、親が決めた婚約者がいるから」

落胆したような声で告げられた事実に、心臓が揺れ動いた。直後、あるひとつの可能性が浮かぶ。

　まさか、暁月さんも私と同じだった？　本当は望さんと一緒になりたかったのに、婚約者がいるから結婚できなくて、彼女を吹っ切るために同じ悩みを抱えた私と……なんてことはないよね？

　考えすぎだと思っても、どうしてもその可能性を拭えず気分が沈んでいく。目線を落として黙り込んでいると、城戸さんが探るように私の顔を覗き込んでくる。

「莉真ちゃんがそんなに不安そうな顔をするのは、暁月がちゃんと愛を伝えてないから？」

　核心を衝かれ、ギクリとした。いけない、すっかり取り繕うのを忘れていた。

　今の彼にいつものおちゃらけた雰囲気はまったくなく、真剣な瞳でじっと私を見つめている。

「今日俺がいるって知ってても、君を野放しにしておくような男だよ、あいつは。いくら性格が優しくなったって、奥さんだけを大切にしないで不安にさせてるんじゃ、やってることは昔と変わらない」

　厳しい口調には棘があって、私の心をチクチクと刺すようだった。しかし、痛みとわずらわしさを感じながらも拒否反応を起こし始める。

暁月さんは確かに独占欲を見せたりはしないし、そもそも私を愛していない。でも、決して大切にされていないわけじゃない。

結婚を決めた時に約束した通り、できる限りふたりの時間をとって歩み寄ろうとしてくれている。一緒に生活していて、彼が本当の夫婦になろうと努力しているのが感じられるのだ。

なにもかも昔と同じではないはず。私だって暁月さんのことをなにも知らないわけじゃないんだから。

対抗する気持ちが沸々と湧いてきて、顔を上げてワイングラスのボウルの部分をがしっと掴んだ。カヴァというスパークリングワインをぐいっと喉に流す私を、ふたりが目を丸くして見ている。

コンッとグラスを置き、頭がふわふわするのを感じつつ口を開く。

「……暁月さんは変わろうとしていますよ。それは私も同じで、お互いに前に進もうとしなかった自分を変えたくて結婚したんです。この人となら、新しい道を歩いていけると思ったから」

こめかみの辺りでドクドクと鳴る鼓動を感じる。心の奥から湧き上がってくる思いを止められない。

「ずっと一緒に生きていく契約をするのは自由を奪うことじゃないって、私が彼に教えてあげたいんです。過去なんて関係ないくらい愛し合って、幸せになってほしい。私と」

つらつらと心の内を吐き出しながら、自分の本当の気持ちに気づいた。

彼と一緒にいると胸が温かくなったり、高鳴ったりと忙しないのは、ただ男性に慣れていないせいだと思っていたけれどそうじゃない。最初から本能的に彼を受け入れていて、その漠然とした好意が徐々に輪郭を帯びてきたのだ。

望さんの存在が大きな不安材料になるのも、彼の心をひとり占めしたいから。もっと私を必要としてほしいし、触れてほしいし、誰よりも愛されたい。

そう強く感じるのは、思い込みでも演技でもなく、完全に彼を好きになっている証拠だろう。

恋心を認めるとなんだか落ち着いていられなくて、残りのカヴァを一気に飲み干す。

慌てて城戸さんが止めるも、グラスはすでに空だ。

「莉真ちゃん、飲みすぎ！」

「だってぇ……私も、好きなんですよ……」

無意識に吐露した後、急に頭や身体が重くなったように感じて、ぐでんとテーブルに突っ伏した。しばらく起き上がりたくない。

はあ……またやってしまった。こうなるからお酒を飲みすぎちゃいけないって、シエラでも反省したのに。今日は泣き上戸になっていないだけいいけれど。

瞼も重くて眠りに落ちそうになっていると、心配そうな望さんの声が聞こえてくる。

「潰れちゃった……大丈夫かな。もう、拓ちゃんがあんな風に言うから」

「いやー、莉真ちゃんずっとなにか抱え込んでるような顔してたから、吐き出させてあげたほうがいいかなと思ってさ。俺が本当のことを知りたかったのもあるけど」

城戸さんは苦笑交じりにそう言った。今さっきの発言は単に意地悪しようとしたわけじゃなく、私のためにあえてしたの？

睡魔に抗い、眠ったフリをして耳を傾ける。彼は「この様子だと、莉真ちゃんはしっかり恋してるみたいだね」と、穏やかさの中に切なさを交じえて言い、私の頭をぽんと撫でた。

彼の手の温かさは昔と同じなのに、なぜだか寂しさが募る。これはそう、卒業する時と似た感覚。自分の気持ちがやっと離れられたのだろう。

すると、望さんがある程度確信している口ぶりで問いかける。

「遊んでばっかりの拓ちゃんが、その裏でずっと大事に想ってた女の子って、莉真さんなんでしょう？」

唐突な彼女のひと言に、城戸さんはふっと笑みをこぼして「当たり」と認めた。どういうことだろうかと、私はうっすら瞼を開く。

「そんなに特別なら、自分のものにすればよかったのに。元奥さんは不倫してて、結婚生活の三年間のうち最後の一年は別居状態だったんだし、拓ちゃんだけが我慢することなかったんじゃない？って思っちゃうわ」

予想外の事実が耳に飛び込んできて、眠気がすっと一気に失せた。

城戸さんの元奥様が不倫していた、って……まさか離婚したのはそれが原因だったのだろうか。軽く衝撃を受けていると、彼が落ち着いた口調で返す。

「さすがに結婚してる間は誰とも付き合う気なかったって。まあそうでなくても、本気で好きだからこそ莉真ちゃんにだけは簡単に手は出せなかったよ」

——本気で好き？　城戸さんが、私を？

にわかには信じられず、ふたりから顔が見えないよう突っ伏した状態で目を見開く。

「出会った頃、いつも俺をキラキラした目でまっすぐ見てくるのが可愛くって。当時は妹みたいに思ってたけど、大人になって再会したらこの子は特別だったんだなって気づいた。もう結婚してたから遅かったんだけどね。縁がなかったんだろうな」

嘲笑と共にいつになく弱い声が耳に流れ込んできて、無性に切なくなった。

初めて知った、城戸さんの私に対する気持ち。私はただ弄ばれていたわけではなかったんだ。

「元嫁を裏切ることもできなかったから、莉真ちゃんには中途半端なことして傷つけた。告白された時、正直すごく嬉しくて、奥さんがいるって言い出せなかったから。ほんと最低だよ、俺は」

声から後悔や罪悪感がひしひしと伝わってくる。『俺も好きだよ』という返事も、きっと本心だったのだとわかって胸が締めつけられた。

「そうなるのもわからなくないよ。だって拓ちゃんも、過保護なお母さんがうるさいから結婚したようなものでしょう。『私が選んだ子と結婚して』って何度も言われて」

同情するような望さんの言葉で、城戸さんが抱えていた事情がだんだん見えてきた。

彼の結婚も自分が望んだものではなく、お母様が原因だったのか。

城戸さんも「そうだね、最初は母さんをおとなしくさせるためだった」と肯定したものの……。

「でも、元嫁と一緒にいるうちに情が湧いて、彼女とならそのうち愛し合えるかもって期待した時期もあったんだよ。それはあいつも同じだったから、お互い好きになろうと努力した。結局うまくいかなかったけどな」

彼の複雑な心情が明かされて、私まで心苦しくなる。

理由は違えど、城戸さんも私たちと同じようにちゃんとした夫婦になろうと努力していたんだ。それが失敗してしまった経験があるから、私たちの結婚に対しても懐疑的なのかもしれない。

「だから望も心配なんだよ。国交省の官僚の親父さん絡みの相手で、政略結婚みたいなもんだろ」

話の矛先が望さんに向けられると、彼女は数秒の間を置きため息交じりに口を開く。

「私は、自分がいけないの。昔から消極的で、自分の気持ちを押し通せずにここまで来ちゃったから。親にも本当は結婚したくないって言えないままだし……あっくんにも、想いを伝えずに諦めた」

望さんってそんなに消極的な性格だったのかと、少々驚く。おっとりした雰囲気ではあるけれど、恋愛はお手の物なのかと勝手にイメージしていたから意外だ。

「幼馴染の関係を壊すのも怖かったし、パイロットの勉強の邪魔になりたくもなかったから、恋心は封印したの。そのはずだったのに、結局まだ彼のことが頭にあって、婚約者とも煮え切らなくて……どっちつかずの自分が本当に嫌になる」

自分への憤りを堪えているような震える声で、彼女は心情を吐き出した。

暁月さんのこと、諦めようとしたのにできていなかったんだ。叶わない恋心がどれほど厄介かは、私もよくわかる。

しかし、コンッとグラスを置いた音が響いたかと思うと、彼女が深く息を吸い込む。

「だから私、あっくんに告白する。明日のフライトで」

次いで予想外の宣言が飛び出し、反射的にビクッと肩を跳ねさせてしまった。

こ、告白する⁉　待って待って、ここに妻がいるんですが……⁉

急に冷や汗をかき始める私。城戸さんも面食らったらしく、私が動いたことにも気づいていない様子で戸惑いの声を漏らす。

「は……え？　いやいや、もう結婚しちゃったじゃん⁉」

「莉真さんには嫌な思いさせて申し訳ないと思う。でも、あっくんが私を選ぶことは百パーセントない。彼に私への愛があるなら、とっくに選ばれていたはずだから」

しっかりとした口調で断言され、城戸さんも押し黙った。

「ちゃんと想いを伝えてきっぱりフラれないと、いつまでもこの恋を過去にできない。私も弱い自分を変えるために、けじめをつけたいの」

意を決したように揺らがない彼女の声を聞いて、はっとした。

望さんも同じなのだ。なにも始まらないとわかっているのにその恋を吹っ切れなくて、囚われていた少し前までの私と。そう思うと、彼女の意志を無下にはできない。

複雑な心境で思いを巡らせていた時、テーブルの上で誰かのスマホが短く鳴った。

望さんが動き出す気配がするので、彼女にメッセージが来たのだろう。

「まだここにいるって言ったら、迎えに来てくれたみたい」

「婚約者？」

「うん、今日待ち合わせしてたのも彼。……いい人なのよ。好きになれたらラクなのにね」

切なげに笑うのがわかって、最後のひと言が重みを増したように感じた。望さんは本当にこのまま結婚するつもりなんだろうか。

彼女は腰を上げ、気持ちを切り替えるように声色を明るくする。

「じゃあ、莉真さんのことよろしくね。送り狼になっちゃダメよ」

「なりたいところだけど我慢するわ」

冗談か本気かわからない城戸さんの返事に笑った彼女は、コツとヒールを鳴らして去っていった。私もいつまでも寝たフリを続けるわけにはいかないなと思った瞬間、城戸さんがひとつ息を吐く。

「起きてるでしょ、莉真ちゃん」

「うえっ⁉」

次いで飛び出した発言に驚き、思わず飛び起きた。彼はクスクスと笑って私の乱れた髪を直し、顎をくいっと持ち上げて顔を近づける。

「残念。本当に寝てたらキスしようと思ってたのに」

扇情的に微笑む彼を「なに言ってんですか！」と一蹴し、身体を引いて逃れた。

私が聞き耳を立てていたの、絶対バレバレだったでしょ……。恥ずかしくなって縮こまる。

いつから気づかれていたんだろう。もしや最初から？　だとすれば、彼は私が聞いている前提で一連の話をしていたことになる。

「まさか、私が起きてるのわかっててあんな話を……？」

「どんな話？」

頬杖をついてこちらに言わせようとしてくる彼に、ふくれっ面をする私。彼はおかしそうに笑った後、少し真面目な雰囲気に変わって話し出す。

「莉真ちゃんが大学校を卒業してこっちに来た時、俺は結婚してしばらく経った頃だったから、タイミング悪いなって内心後悔してた。もう少し早くに君が成人になって再会していれば、今頃別の未来があったのかもしれない」

航空保安大学校を卒業したのは私が二十歳の時。確かにいろんなタイミングが少しズレていたら、まったく違う人生になっていたんだろう。

城戸さんは「そんなたられば言ったってしょうがないけどね」と苦笑し、憂いを帯びた瞳でこちらを見つめる。

「俺もいい加減に諦めなきゃな、君を」

「城戸さん……」

ずっと好きだった人が、私に好意を抱いてくれていた。本当ならすごく嬉しいことなのに、今の私はもう喜べない。もっと深く愛せる人を見つけたから。

ただただ追いかけていた初恋とは違う。ずっと隣に並んで歩いていきたい、幸せにしてあげたい——無条件でそう思える彼が、私の最愛の人なのだ。

その時、すっかり耳に馴染んだ声が飛び込んでくる。

「莉真」

ぱっと目を見開いて勢いよく振り向くと、やや強張った表情の暁月さんがいた。場所も教えていなかったのになぜここにいるのかと、私は呆然としてしまう。

「え……暁月さん⁉」

「嘘だろ」

ありえないものを見てしまったかのごとくギョッとする城戸さんに、暁月さんは不機嫌そうに「妻を迎えに来ちゃ悪いか」と言いながらこちらへやってくる。

反射的に腰を上げようとしたものの身体がふらついてしまい、「あっ」とよろける私を暁月さんがしっかり支えてくれた。

「こんなになるまで飲むなんて、悪い子だね」

そこはかとない冷ややかさもありながらセクシーに耳元で囁かれ、ぞくりとする。口元に浮かべた笑みがやけに怖い。

一方、城戸さんは物珍しそうに私たちを観察している。

「なんだ、ちゃんと夫婦になってるじゃん。本当に変わったんだな、暁月」

彼が感心したような口調で呟くのを見ると、たぶん暁月さんが迎えに来たのは相当意外だったのだろう。私も驚いているけれど。

城戸さんは〝参った〟とでも言いたげに息を吐き、挑発的に口角を上げる。

「でも、うかうかしてたら奪うからね？　俺、もう既婚者じゃないんだから」

「莉真はこれからも既婚者なんだよ」

語尾に怒りマークをつけた調子で言った暁月さんは、後ろから私の肩に片腕を回して抱きしめる。

「俺が選んだ唯一の人だ。渡す気なんてない」

力強く宣言され、否応なく胸が高鳴った。

初めて独占欲を露わにされた気がする……。これも城戸さんの手前、仲のいい夫婦を演じているだけ？

そうは思いたくなくてもどかしさを感じていると、暁月さんは数枚のお札を置き、再び私の肩を抱いて「じゃあな」と短く告げて歩き出す。城戸さんを振り返ると、彼は呆れたような笑みをこぼして私に手を振っていた。

バルを出て、近くのパーキングに停めてあった暁月さんの車に乗り込む。マンションまでは十五分ほどだが、彼の不機嫌さがひしひしと伝わってくるので沈黙の時間が少々つらい。

夜の街を走り出してしばらくしてから、言葉を選びつつ、とりあえず一番の謎について聞いてみる。

「あの、暁月さん……どうしてあのお店に私がいるってわかったんですか？」

「君にいくら電話しても出ないから、拓朗に聞いた」

「えっ⁉」

やや棘のある声色で言われ、私は慌ててバッグの中を探ってスマホを取り出す。ディスプレイを明るくすると、確かに暁月さんからの着信履歴が残っていた。

飲んでいる最中、城戸さんは時々スマホを弄っていたと思うけれど、あの時にメッセージのやり取りをしていたのか。

着信に気づかなくて申し訳なく思い、「ごめんなさい。スマホ、バッグに入れっぱなしで……」と肩をすくめた。暁月さんは前を向いたまま、表情も変えない。

「驚いた。さすがにふたりでいるとは思わなかったから」

「……皆、先に帰っちゃったので」

抑揚のない口調がなんだか怖くて、そこからまた沈黙してしまう。彼が不機嫌な理由は、私が電話に出なかったから？　それとも、城戸さんとふたりで飲んでいたからだろうか。

でも、私が誰となにをしても気にしない素振りだったのに、腹を立てられるのは腑に落ちない。

「そもそも、なんで迎えに来ようと？　私がなにをしていようと干渉しないんじゃなかったんですか？」

彼の考えがわからず悶々としてきて、若干嫌みっぽくなってしまった。彼は横目でこちらを一瞥し、冷たさを含んだ声を投げかける。

「そのほうがよかった？　あいつといるほうが楽しかったか」

「そんなんじゃないですけど……！」

「本当に拓朗から離れる気ある？」

やや強めに言われ、息を呑んだ。

「莉真を信じてるのに、気を許してる姿を見ると途端に不安になる。心のどこかで、まだあいつを想ってるんじゃないのか」

徐々に感情が露わになってきた彼の、綺麗な横顔が苦しげに歪む。

そうか、まだ未練があると思われていたんだ。私はもう暁月さんを好きになっているって、やっと自覚したばかりだから本人に伝わってないのも仕方ないんだけど、だけど……無性にイラ立ってくる。

マンションの駐車場に着いた瞬間、シートベルトを外した私は運転席へ身を乗り出し、衝動的に彼のネクタイをぐいっと引っ張った。

意表を突かれて目を見開く彼を、キッと鋭い眼差しで見上げる。

「もう離れてますよ。私の心はここにあるんです、あなたのすぐそばに」

私の視界に映る彼の表情が、驚きから真面目なものに変化していく。数秒後、はたと我に返った。

……いや、待て待て私。酔っ払ってケンカ腰になるにもほどがある！

冷静になった瞬間、ぱっと手を離して体勢を戻した。自分の失態に動揺して不整脈を起こしたかと思うくらい脈が乱れ、早くこの密室空間から逃げ出したくなる。

ドアに手をかけると「莉真」と呼び止められたものの、構わず外へ出る。が、歩き出してから足取りがおぼつかないことを思い出し、柱に手をついた。

暁月さんがすぐにそばに来て、私の腰に手を回して再び支えてくれる。

「こら、酔ってること忘れない」

たしなめられたが、その声はさっきまでと違って少し柔らかい。逞しい腕の力にも胸が締めつけられて、ずっと抱えていたものが溢れそうになる。

私も暁月さんと同じくもやもやしたのだと、この際吐き出してしまいたい。

「……私だって、不安だったんですからね？　暁月さんが望さんと親密そうにしてたから」

エレベーターに向かいながらぽつりとこぼすと、彼は怪訝そうに私を見下ろす。

「なんで望を知ってるんだ？」

「さっき偶然会って、城戸さんが紹介してくれました。その前からフライト終わりで仲よく話してるふたりを見て、誰だーあの美女は！って思ってましたけどね」

声に棘をつけまくって本音を口にする。暁月さんがなんとも言えない表情をしているけれど、胸倉を掴んでしまったのを思えばもうなにも怖くない。

「学生時代のこともいろいろ聞きましたよ。来る者拒まず、去る者追わずのスタンスで、彼女に浮気されても全然気にしてなかったらしいですね。モテモテのくせに誰にも本気にならない、腹黒い裏番長」

「あいつら……」

暁月さんはずーんと沈んだ目をして口の端を引きつらせた。きっと彼にとっては黒歴史なんだろう。

エレベーターに乗っても、一度流れ出した思いは止まらない。

「そんな暁月さんが、結婚できるとしたら望さんくらいだったって言ってました。実際、ふたりが結婚するんじゃないかって噂があったの、知ってました？　それくらい、周りから見ても親しげでお似合いだったんですよ。私なんかよりよっぽど」

「莉真」

「もしかして暁月さんが結婚したのは私と同じ理由で、婚約者がいる望さんのことを吹っ切りたいからなのかなとか思ったりして。私に対しては歴代の彼女みたいに誰となにをしても興味なくて、本気になんてならないんじゃ――」

制するように呼ばれても構わず饒舌に吐露し続けていたら、急に声を出せなくなった。キスで唇を塞がれて。

ふたりきりの狭い箱の中、ちゅっと音を立てて唇が離れていく。丸くした私の目に、表情を引きしめた暁月さんが映る。

「ちょっと黙って」

Sっ気のあるひと言と、私を見つめる熱い瞳にあっさり懐柔される。怒らせてしまっただろうかと身構えたのは一瞬で……。

「嫉妬も可愛いけど、君といる時に他の女のことなんて考えたくないから」

予想外に甘く一途な言葉が聞こえてきて、心臓がドキンと大きく鳴った。

直後にエレベーターの扉が開き、彼に腰を抱かれたまま部屋へ向かう。私の口からはすっかり文句も出なくなって、気分がふわふわしている。酔っているせいだけでなく、お互いの気持ちが重なったように感じるからだ。

嫉妬していたのは私だけじゃない。暁月さんの矛盾した言動も、そのせいだと思えばしっくりくる。

まだはっきりしたわけでもないのに……どうしよう、嬉しい。

玄関に入ると自動的にダウンライトが灯り、真っ先に寝室へ連れられていく。これからなにをするのか察しても抵抗する気はなく、おとなしくベッドに腰を下ろした。

薄暗い部屋の中、ジャケットを脱いだ暁月さんは隣に座り、そっと私の髪を撫でて口を開く。

「拓朗たちが言ったのは概ね本当。でもそれは過去の話だ。俺は最初から、君に対しては他の誰とも違う感情を抱いていた」

威圧感がなくなった声色で心の内を覗かせ始めた彼は、次いで葛藤するように眉根を寄せる。

「ただ、どんどん君を束縛したくてたまらなくなって、ふと怖くなった。縛りつけたら、莉真も俺のもとから去っていってしまう気がして」

「それで、あえて私に干渉しない素振りを？」

「ああ……本当は、たとえ職場の飲み会だろうと、好きだった男がいるところになんて行かせたくなかった。俺の手の届く範囲にいてほしいし、誰にも触れさせたくない」

次の瞬間、彼は我慢できなくなったように私を押し倒した。天井をバックに私を見下ろす切なくも情熱的な表情に、心臓がぎゅうっとわし掴みにされたような感覚を覚える。

私が他の男性と一緒にいるの、本音では嫌だったんだ。そう感じてくれていただけで嬉しい。

「莉真に会ってわかったよ。本当は俺もだいぶ独占欲が強いらしい。今も、君のすべてを暴いて、余すところなく俺のものにしてしまいたい」

かすかな焦燥を滲ませて、やや荒っぽくネクタイを外す彼が扇情的すぎてくらくらする。

心の奥ではそんなに私を求めてくれていたなんて。胸がいっぱいになりつつ、彼の頬に手を伸ばして確認する。

「……私を好きにさせたいから？」

暁月さんはようやく柔らかな笑みをこぼし、私が望んだ通りに首を横に振る。

「俺が君を好きだから」

はっきりと想いを伝えられた瞬間、感極まって瞳に熱いものが込み上げた。

涙の膜でぼやける彼の顔が近づき、求め合う情熱的なキスを交わす。唇から溶けていきそうなほど熱く、甘くて、息が上がる。

最初は服の上から胸の膨らみを弄んでいた彼の手が、ブラウスの中に滑り込んで素肌を撫でる。ブラが外されて痛いくらいに主張した蕾が露わになり、無防備になったそこを優しくつままれた瞬間、初めての刺激に思わず声が漏れた。

私の反応を見て、暁月さんは余裕たっぷりの笑みを浮かべる。

「俺に触れられるの、そんなに嬉しい？」

かあっとさらに熱くなる顔を両手で覆う。悶えつつも小さく頷くと、彼は「可愛くてたまらないな」と満足げにしていた。

あーもう恥ずかしい、恥ずかしい……！　心臓もドキドキしすぎて壊れそう。

誰にも見せたことのない部分がどんどん暴かれていって、一糸纏わぬ身体の至るところにキスをされる。時には舌で舐められ、弄られて、お腹の奥が切なく疼く。

暁月さんもわずかに頬が上気していて、欲情しているのがわかる。ワイシャツを脱ぎ捨て、引きしまった筋肉質な上体を露わにしてベルトを緩める姿も、雄々しさとセクシーさがすごくて叫び出したいくらいだ。

そんな彼に与えられる、想像以上に淫らな愛撫はとにかく気持ちがいい。ひたすら感じていると、ふいに彼は愛撫を止め、呼吸を荒げた私の両側に手をついて見下ろしてくる。

「莉真の全身から悦んでるのが伝わってくるし、さっきの男前な告白もよかったけど、もう一回ちゃんと聞かせて」

「君がこんなに乱れて、甘い声で啼いているのはどうして？」

その理由は明白だ。あなたが好きだからに決まっている。

答えるのは簡単だけれど、丹念に舐められてひくついている中心部に指を沈められては、喘ぐ声しか出なくなってしまう。

「あ、ぁんっ……あか、つきさんが……」

「俺が、なに？」

すでに滴っている蜜をわざと掻き混ぜながら、「ここの音もすごいから、はっきり言わないと聞こえないよ」なんて言う。この人、ベッドの中ではSっ気が増すらしい。

羞恥心と快感に耐えながら、なんとか言葉を紡ぐ。

「ふ、ぅん……っ、好き、だから」

ぴたりと動きを止めた彼の首に手を回し、熱を孕んだ瞳を見つめて想いを伝える。

「誰よりも、暁月さんを好きになったから」

あんなに忘れられなかった過去の恋を、あなたが思い出に変えてくれた。そして、あの頃よりもっと深く人を愛することを教えてくれたんだ。

暁月さんの表情が嬉しそうにほころび、上体を密着させてぎゅっと抱きしめる。

「え……？」

「ずっとそう言わせたかった。最初から、ずっとね」

耳元で切実そうな声が響き、一瞬だけ官能の波が凪いだ。最初からって、まさか暁月さんは結婚する頃から私を……？

ありえない考えが浮かんだのもつかの間、身体を離した彼が私の脚を広げるので、そちらに意識が集中する。目で合図した彼は熱く滾《たぎ》った自身を私にあてがい、中へ押し入ってきた。

体験したことのない圧迫感と痛みで息が詰まりそうになるも、繋がりたい気持ちのほうが強くてなんとか耐える。暁月さんは何度も優しくキスをして、つい力が入ってしまう私の身体をほぐしながらゆっくり奥へ進む。

やっとひとつになれた時、彼は少し心配そうに髪を撫でていたけれど、私は自分の一番深いところで彼を感じられる喜びに浸っていた。

「大丈夫か？」

「ん……幸せです。すごく」

触れ合う肌の滑らかさも、温かさも、間近に感じる吐息や視線も、すべてが尊くてなんだか涙が出そうになる。抱き合うって、こんなに満たされるものだったんだ。

暁月さんはとても愛おしそうに私を見つめ、ゆるゆると腰を動かし始める。痛みが徐々に変化してきて、漏れる声も自然に甘さを増していく。

「莉真……俺だけを見ていて。なにがあっても離れるな」

荒い呼吸の合間に、これまで見せなかった独占欲をむき出しにされる。私はそれがたまらなく嬉しくて、逞しい背中にしがみついた。

「ずっと、ずっと一緒にいます」

暁月さんは世界中を飛び回るパイロットで、物理的には離れている時間のほうが多いかもしれない。

でも、ふたりの心はいつもそばにある。そういう関係でありたい。

初めて愛される喜びを全身で感じながら、彼にとってなくてはならないパートナーになろうと心に誓った。

溺愛オーバーコントロール

目覚めると、隣にはあどけなさの残る愛しい妻の寝顔がある。

つい一カ月ほど前から、この情景が日常的になった。いつもと違うのは、彼女のしなやかな身体になにも身につけられていないことだ。

白い陶器のような肌が、昨夜は俺の腕の中でほのかに紅潮して、触れるたび悦ぶように震えていた。淫らで綺麗なその姿を思い出すだけで、朝からよこしまな想いが膨らみそうになる。

眠っている彼女にいたずらしてみたい気持ちはヤマヤマだが、今日から三日間のフライトだ。いくら想いが通じ合ったとはいえ、戯れてはいられない。

時計の針は朝六時を回ったところ。莉真は休みだし、昨日はだいぶ飲んでいたようだからこのまま寝かせておこう。身体も怠いかもしれないしな、俺のせいで。

そっとベッドを抜け出し、シャワーを浴びて支度をする。朝食はきちんととるようにしているが、今日はゆっくりしてしまったのであるもので適当に済ませた。

家を出る間際にもう一度寝室を覗くと、莉真はまだぐっすり眠っている。名残惜しさを感じつつ、顔にかかった髪をそっと除けて囁く。

「いってきます。可愛い奥さん」

額に軽くキスを落とすと、彼女は身じろぎして「んふふ……」とふにゃりと笑った。その愛らしさに胸がくすぐられて、俺も自然に口元がほころぶ。

なんの夢を見ているのか。俺との幸せな夢であってほしいと願いながら、後ろ髪を引かれる思いで寝室を出た。

出勤してからは気持ちを切り替え、安全な運航のことだけを考えて業務にあたる。

機長になってしばらくは国内線が主なので、今日も国内を行ったり来たりして夜は神《こう》戸《べ》にステイする予定だ。

いつも通り、ペアを組む副操縦士と共にフライトプランを確認したり、飛行機の外部点検をしたりと離陸に向けての準備を入念に行う。乗務員とのブリーフィングで望が同乗するとわかり、なんとなく安心感が増した。

ゴールデンウィークを過ぎたのでそこまで混雑しておらず、コックピットから見える乗客はビジネス関係らしき装いの人が多い。毎回こうして客層を観察し、彼らを無事に送り届けようと気を引きしめている。

副操縦士はまだ経験の浅い二十七歳の男性だったため操縦は俺が行い、特に問題なくフライトを続けた。国内線はあっという間に目的地に着くため、『最近ご結婚されたんですよね？　奥様はどんな方なんですか？』と興味津々に尋ねてくるコーパイをあしらうのも比較的ラクである。

日本各地を飛び、午後七時には最終地点の神戸に着いてデブリーフィングを終えたが、ここで望に『夕飯の後、少し時間ある？』と声をかけられた。どことなく表情が強張っていたので気にかかり、コーパイと夕食を済ませた後にステイ先のホテルのテラスで落ち合うことにした。

日が落ちてもだいぶ暖かくなり、夜風が心地いい。十二階にあるこのルーフトップテラスから港町の夜景を眺めながら望を待つが、まだ来そうな気配はないのでスマホを取り出す。

画面をスクロールして莉真の番号を表示させ、通話ボタンをタップした。

これまでもステイ先から時々電話をかけていたが、拓朗よりも俺の存在を意識させるようにするためだった。そうしないと不安だったのだ。莉真の気持ちがまたいつ拓朗に向くかわからなかったから。

しかし、今はただ恋しくてスマホを耳に当てている。数回コールした後に《もしもし》と聞こえただけで、柄にもなく胸が鳴った。

《フライトお疲れ様でした。どうしたんですか?》

「声が聞きたくなっただけ。君を抱き潰したまま出てきたから」

《だっ……!》

繰り返そうとして口をつぐみ、もごもごしているのが可愛くてクスクスと笑った。

ポートアイランドの美しい夜景を見下ろしながらたわいない話をしていると、莉真はふいに苦笑を漏らす。

《前に、恋愛結婚じゃない私たちなら会えない間も大丈夫……みたいなこと言ったけど、やっぱり寂しいです》

入籍する直前、『恋愛結婚だったら、会えない間は恋しい気持ちが先行してうまくいかないかもしれないけど、私たちならきっと大丈夫です』と莉真が言っていたのを思い出す。

そういえばあの時、俺と会えなくてもなにも感じないのかと、ついムッとしてしまったのだった。まだ彼女に恋愛感情が芽生えていなかったのだから仕方ないが。

今はちゃんと寂しくなっているようでほっとするし、優越感のようなものも覚える。

「よかった、いないほうが清々するとか思われてなくて」

《思いませんよ!》

即答してくれたことが嬉しい。なにげない会話に幸せを感じていると、話が途切れたところで莉真は急に真面目な調子になり、遠慮がちに言う。

《あの、暁月さん。今回のフライトは、の——》

「『の』?」

なぜかものすごく中途半端なところで止まった。首をかしげ、謎の発言の続きを促すも、彼女は明るく《いえ! やっぱりなんでもないです。ははは》と、渇いた笑い交じりに自己完結した。

空元気なのも気になったが、特になにかを抱え込んでいるような様子もないので、とりあえず深掘りはしないでおく。もう望も来るだろうし。

「じゃあ、そろそろ切るよ」

《はい。気をつけて飛んできてくださいね。おやすみなさい》

「おやすみ。……愛してる」

おそらく初めて使う愛の言葉を口にすると、少し照れたような声で《私も》と返ってきた。慣れなくてむず痒くなるが、これも悪くない。

通話を終了して一分も経たないうちに、フレアスカートを揺らして望がやってきた。俺の隣に立ち、観覧車やポートタワーの灯りを見下ろす。

「相変わらず神戸の夜景も綺麗ね」

「ああ。いつかゆっくり観光したいよ」

何度も訪れているのに、国内線だとわりとタイトスケジュールなので観光と呼べるほどのんびりはできない。

今度莉真と一緒にプライベートで来ようとぼんやり思っていると、望は夜風になびくボブの髪を耳にかけて言う。

「機長になるまでずっと走り続けてきたもんね。私は置いていかれないように必死だった」

「置いていかれるどころか、今こうして肩を並べてるだろ」

望はとても気を回せる女性で、完璧に仕事をこなすし同僚からの信頼も厚い、素晴らしいＣＡだ。それを伝えるように微笑むと、彼女も口元をほころばせた。

しかし、その表情にどことなく影が落ちる。

「私たち皆、親に縛られていたじゃない？　私は親がどっちも裕福な育ちだったからきっちりレールを敷かれていたし、拓ちゃんもお母さんの過保護さにうんざりしてて」

なんの脈絡もなく始まった懐かしい話。

彼女の言う通り、お嬢様でもある望は官僚の父親がすべてを決めていたらしく、拓朗はいつまでも愛情過多な母親に悩んでいた。俺たちが親しくなったのは、それぞれの窮屈な家庭に不満を持っていたことで仲間意識が生まれたからかもしれない。

「だから、あっくんが『パイロットになる』って言った時、目の前が開けたような気がしたの。自由な空がすごく魅力的に感じて、あっくんにつられてこの世界に飛び込んだ。拓ちゃんも同じよ。『その点では暁月に感謝してる』って」

「あいつが俺に感謝？　なんか気味悪い」

顔を歪めて言うと、望はふふっと笑った。今の言葉が本気ではないことくらいわかっているのだろう。

拓朗とは子供の頃から遠慮のない間柄で、数えきれないほど衝突もしたが、いくらそっけなくしてもなぜかいつの間にか一緒にいる不思議な関係だった。

お互い社会人になってからは忙しくて話す機会も減っていたから、莉真と繋がりがあったのは知らなかったが。

彼女の忘れられない初恋があいつだったと知ってからはライバル視してばかりだが、心底嫌っているわけではない。女たらしな部分に目をつむれば、普通にいいやつだから。母親から逃げようと他の女性たちに走ったのだと思うと、少し同情もするし。

だから、拓朗も望も同じ世界に行きたいと聞いた時は心強かったし、自分が頑張れたのもふたりがいたから。おかげで今は好きなことをやれて充実しているので、ふたりには俺も感謝している。

ところが、望は順風満帆というわけでもないらしい。

「実際にCAになってみて、仕事はすごく好きになったし自由を得られたような気もした。でも結局、自分を変えないと幸せにはなれないのよね」

眉を下げて微笑む彼女は、夜景から俺に目を向ける。

「あっくんはいいほうに変わったのが目に見えてわかるわ。全部、莉真さんのおかげ？」

その問いかけの答えはすぐに出る。莉真を思い浮かべた今の俺は、きっと昔は絶対しなかった優しい顔になっているんだろう。

「そうだな。あの子に会って、自分の固定観念みたいなものがひっくり返された気がする」

俺はずっとひとりで自由に生きていくつもりだった。誰かと一生一緒にいる約束なんてできないと思っていたのに、彼女には人生観を百八十度変えられてしまったのだから驚く。

望は静かに俺から顔を背け、まつ毛を伏せる。

「私は、あっくんの考えはきっと変えられないと思って諦めた。どうして莉真さんは、あんなに頑なだったあなたの気持ちをあっさり変えられたんだろう……」

無念そうにこぼれた言葉で、彼女の想いはなんとなく伝わってきた。

望はずっと前から近くにいて、女性の中では一番気を許せる人だった。しかし、莉真のように強烈に心を動かされるなにかがあったわけではない。これはばっかりはどうしようもないことだ。

「彼女がなにか特別なことをしたわけじゃないんだ。自分を飾らず素直で、前向きな考え方をする彼女に、俺がとてつもなく惹かれただけ」

正直に打ち明けると、望は一瞬目を見張った後、寂しそうに笑って頷いた。

「もう何年も前から、こうなることはわかりきっていたのにね……。逃げ続けていないで、もっと早くに言えばよかった」

後悔を露わにした彼女だったが、深呼吸をして意を決したように俺に向き直る。

「私は、あっくんが好き。学生時代からずっと、好きだったよ」

望は初めて自分の想いをはっきりと口にした。とても綺麗な表情で。

CAの夢を叶えるために父親を説得する力はあったのに、恋愛面ではとても消極的になる彼女。恋愛は自分ひとりの問題ではないからなのだろう。相手に気を遣いすぎてしまう、優しい性格なのだ。

婚約者を決められ、それに対して反発できないのも、相手の男性が自分をとても気に入ってくれているのを感じるからに違いない。

にもかかわらず、今思いのままに告白をしたのは、彼女にとって大きな一歩だ。結果をわかっていながら、覚悟して来たのだろう。

俺も真摯に答えなければと、彼女の目をまっすぐ見つめ返す。

「ありがとう。望は大事な幼馴染だよ、いつまでも」

直後、彼女の大きな瞳にみるみる涙が溜まり、いくつもの粒になってこぼれ落ちた。

その姿が、ふと小学生の頃の望と重なる。意地悪な男子に構われて泣いていたのを、頭を撫でて慰めた時があった。でも今は、ハンカチを差し出すだけに留めておく。

望も幸せになってほしい。そう願うことしかできないが、きっと彼女もこれから変わっていけるだろう。

しばし涙を拭っていた彼女は、「ごめんね、付き合わせて」と言って顔を上げる。目も鼻の頭も赤くなっているが、表情はすっきりしているように見えた。

涙が落ち着くと望は意味深に口角を上げ、さっぱりとした口調で言う。

「ちなみに、私が告白するって莉真さんも知ってるはずだから。今頃悶々としてるかもしれないわよ」

「は?」

莉真も知っている? 一体なぜそんなことに……。

眉根を寄せる俺に、望はいたずらっぽく微笑み、「ハンカチは今度返すね。また明日」と告げて歩き出す。背筋を伸ばし凛としていて、いつものCAの姿に戻っていた。

そういえば昨日、望も一緒に飲んだと言っていたな。その時に話したのだろうか……と考えていた時、先ほどの電話で莉真が『の』と言いかけていたのを思い出す。

あれはもしかして望の名前を言おうとしていた? 一緒にいるかどうかを確認したかったのかもしれない。

莉真には悪いが、心配してくれているのは少々嬉しくて口元が緩む。今日はもう遅いし、家に帰ったらたっぷり甘やかして安心させてあげよう。

嫉妬も束縛も、ただただうっとうしい感情でしかなく、されて嬉しいものだなんて思いもしなかった。相手にとってもわずらわしいだけだろうと思っていたが、今はすっかり考えが変わった。

『全部、莉真さんのおかげ?』

望の言葉と共に、莉真と出会った頃を思い返す。彼女が俺を変えたのは間違いないが、顔も知らない頃から彼女は特別な存在だった。

今になってみれば、あの時すでに後戻りできないほど惹かれていたのかもしれない。

＊＊＊

俺がパイロットを目指すようになったのは、自由な空に憧れただけではない。父の本棚の奥にひっそりとしまわれた、いくつかの書籍を見たのがきっかけだ。

母が出ていってから姉と分担して家事をしていた俺は、仕方なく掃除をしていた高校二年の終わり頃に偶然それを発見した。

パイロットになるために必要な知識や採用試験の情報が書かれたもの、操縦のマニュアル、航空無線の解説……。それらを見てすぐに察した。父は、本当はパイロットになりたかったのだと。

父も、自分にそっくりな祖父に厳しくしつけられ、将来は公務員になれと強要されたらしい。祖父は俺が幼い頃に亡くなっているのでほとんど記憶にないが、あの父ですら逆らえなかったのだから相当頑固だったのだろう。

彼が航空局に勤めているのは、少しでも空の世界に関わっていたかったからに違いない。俺と姉に空にちなんだ名前をつけたのも。

それくらい夢だったパイロットの仕事。父が諦めたそれに俺がなったら、屈辱を感じるだろうか。

彼に恨みにも似た感情を抱いていた俺は、そんな腹黒い考えからこの道に足を踏み入れたのだ。あの人の手が届かなかった世界へ行き、見られなかった景色を拝んでやろうと。

俺がパイロットを目指すと宣言した時、父はわずかに動揺を見せたものの、予想していたよりは反対されなかったので拍子抜けしたのを覚えている。しかしこの頃には、すでに俺自身もその職業に魅せられていた。

父が持っていた書籍をめくっているうちに純粋に興味を持ち、勉強すればするほど奥が深い航空業界にのめり込んでいった。やや荒んでいた学生時代も、この夢を持ってからは勉強に没頭し、訓練生になってからもひたすら目標に向かって進み続けた。

順調に試験をクリアして副操縦士になってからも、同じフライトはひとつとしてないため毎日様々なことを学んでいる。

中でも印象深かったのは、松本空港へのアプローチである。

松本空港は進入経路が山で囲まれており、その間を縫っていくというかなり高度な操縦技術を必要とする場所。着陸するための方法が記されたアプローチチャートを初めて見た時、その特殊さに〝こんなところを飛ぶのか〟と目を疑ったほど。

俺はなかなかこの空港に来る機会に恵まれず、初めて訪れたのは副操縦士になって七年目の秋。

この日は山岳地帯に霧が発生していて視界が悪く、運航できないほどではないが細心の注意を払わなければならなかった。

副操縦士は主に計器のモニタリングや無線交信を担当するが、俺はいつも自分が操縦しているつもりで飛ぶようにしていた。来年には機長昇格試験を受けるのだ、常にイメージだけでもしていたい。

しかし、この日ばかりは自分のやるべきことだけに集中していた。空港に近づくにつれ、三千メートル以上もある山の間に入っていくものだから、さすがに緊張する。

周囲もよく見えず、すぐそばにあるように感じる山肌にひやりとした、その時。

《Terrain,terrain》

静かなコックピットに普段聞くことのない警報が鳴り、一瞬息が止まった。

今、作動したのはＧＰＷＳという対地接近警報装置だ。なんらかの理由で地面や山に近づいてしまった時に警報で知らせるもの。これが鳴ったというのは非常事態であり、聞きたくない音のひとつだと、訓練生時代からよく聞かされている。

危険な状態なのではとすぐさま計器に目をやるも、特に異常は見受けられない。なぜ鳴るのだと眉根を寄せる俺に対し、ベテランの機長は平然とした様子だ。

「やっぱり鳴ったか」

「高度も経路も、正常なはずですが」

「ああ。最近のＧＰＷＳは精度が上がっていて、こういう山の近くの微妙な地形にも反応するんだよ。問題ないからこのまま継続しよう」

そうか、これは例外として時々起こりうるのかもしれない。他の計器も正常なので、「了解」と返した。

しかし、経験したことのない状況に不安は増していく。本当に大丈夫なのだろうか。このまま進んだら、霧で見えていない山に衝突するのではないか。

言いようのない恐怖を覚え、肩に力が入る。胸をざわめかせつつ冷静さを保っていたその時、落ち着いた調子の若い女性らしき声が聞こえてくる。

《HA305, Matsumoto redio. Traffic, Cessna, departed RIPCI, 10 minutes ago.（ヒノモトエアー305、こちらは松本レディオです。十分前にセスナ機がＲＩＰＣＩを通過しました）》

松本空港の運航情報官から入った一報。これを聞いた時、最初は不思議に思った。今の情報は、これから俺たちが到達するポイントを十分前に一機のセスナが通過していったと教えてくれているもので、本来なら伝える必要がないからだ。

しかしそれに続けて、もう少し進めば視程が今より格段によくなるという情報が入ってきた瞬間、緊張が和らぐと同時に彼女の意図を察した。

視程についてだけでなく、先ほどの他機が問題なく通過していったという報告をしてもらえただけでも、俺たちは安心感を得られる。そのためにあえて細かく伝えてくれたのだ。

これらの詳細な情報は、レーダー上で航空機の針路や高度を監視するレーダー管制がない松本空港では得られないもの。おそらくセスナからレポートしてもらい、彼女は自分ができる最大限の配慮をしたのだ。

有能な管制官や運航情報官は各地にいるが、ここまで細やかな支援をしてもらったことは滅多になく、彼女の心遣いに胸が震えた。

恐怖心が一気に消えたのを感じながら了解した旨と感謝の言葉を返すと、機長がどこか満足げに言う。

「ここの情報官は優秀だろう。まるで俺たちにカメラがついていて、その映像を見てるんじゃないかってくらい、こっちが欲しい情報を与えてくれる。だからこんなコンディションでも安心して飛べるんだ」

「……素晴らしいですね」

彼の言う通りだと、口元を緩めて心からそう返した。声しか知らない彼女に、大きな尊敬と感謝の念を抱いて。


その後の飛行は問題なく終了。数カ月後に再び訪れた時には、コンディションがよかったおかげで壮大なアルプスの景色を楽しめた。

松本空港へ来るたび、運航情報官の彼女はとても丁寧で気持ちのいい交信をしてくれて、声を聞けると嬉しくなる自分がいる。

いつか会ってみたいと思っていたため、莉真と初めて顔を合わせた時は心が高揚して感動を覚えた。同時に、こんなに若い子だったのかと驚いたが。

実際に話してみてもとてもしっかりした印象だし、見た目よりずっと中身は大人なのかもしれない。

そう感じていたから、ゴンさんに誘われて皆で飲んだ時に見た彼女の姿は意外だった。酔っ払って取り乱したり、苦い初恋を引きずっていたり、ダメな部分を覗けてな

いと力説してくる。

とはいえ恋愛はしたいらしく、幸せな家庭を夢見ていて、俺には結婚したほうがいいと力説してくる。

これまで何度も周りから結婚を勧められてきたし、迫ってくるＣＡもいたが、結婚自体にも寄ってくる女性にも魅力を感じられず受け流していた。

なのに、結婚は相手を縛るものじゃなく、寄り添い合って幸せを倍にできるものだと信じている莉真には、頑なに動かなかった心を確かに揺さぶられたのだ。

『お父様の影響で、ひとりでは得られない幸せを逃すとしたら悔しくないですか？』

まずはっとさせられたのは、その言葉だ。父のせいで最初から諦めていると思うと、確かに悔しい。

夫婦関係をパイロットと運航情報官に例えられたのも、妙にしっくりくる感じがした。仕事で信頼している莉真とだったらうまくやれるんじゃないか……なんて、漠然と思った。

それに、莉真も昔の男に縛られている。俺や拓朗たちとはまったく事情が違うが、誰かに囚われて自由に生きていけないなら手助けしてやりたい。

そう思うと共に、それほどまでに彼女を虜にした初恋の男の存在を知って、無性にもどかしくなった。いつまでも感傷に浸っていないで、今近くにいる男を見ればいいのに、と。

『世界にふたりだけか……。そのくらい強制的に他の男性を見るような状況になれば、私も新しい恋ができるのかもなぁ』

雪景色を見ながら彼女がそう言った時、心の奥でなにかが疼いた。彼女の中に、誰よりも強く俺を刻みつけてやりたい——。

自分でも説明できない衝動が沸き起こり、気づけば唇を奪っていた。誰の侵入も許していない真っ白な地面に足をつけるような、少しの背徳感を抱いて。

女性に対して深入りしたくなったのは初めてで、別れてからもずっと莉真が気になって仕方なかった。

俺はこの時すでに恋に落ちていたのだろう。運航情報官としても、ひとりの女性としても、人生観をがらりと変える彼女に。

結婚しようと思ったのは、姉に恋人関係だと誤解されたのがきっかけではあるが、莉真となら本当に幸せな結婚生活を送れるかもしれないと期待したし、単純に一緒にいたいと感じたからだ。

それに、初恋の相手がまさかの拓朗だったとわかり、余計に腹立たしくなって焦燥に駆られたせいでもある。

拓朗が莉真に本気で想いを寄せていることに、この時点ではまだ気づいていなかった。ただ、あいつの女癖の悪さはよく知っているし、離婚してフリーになったのだから彼女を野放しにしておきたくはなかった。

つまり、結婚は主に莉真のためのように言っておきながら、ただ俺が彼女を手に入れたくて丸め込んでしまったわけだ。つくづく俺の性根は曲がっていると思う。

さらに俺もまだ恋をしていないフリをして、莉真が自ら俺を好きになってくれるのを待っていた。俺が好きだと言うのは簡単だが、それに彼女の気持ちが引っ張られるようなことは避けたかったから。

しかし、自分でも驚くほど莉真への愛情は募るばかりだった。

軽い気持ちで父の書籍をめくっていたらのめり込んでしまった時のように、莉真を知れば知るほど溺れていく。俺を好きにさせたくてたまらなくなり、嫉妬して束縛したくなる自分が露呈する。

そのうちキスマークをつけてみたり、指輪を与えたりと、以前の俺なら絶対にしない行動を取るようになっている自分に戸惑った。彼女を俺の所有物であるかのごとく扱っている気がして。

これでは父親と同じではないか。束縛がもっとひどくなったら、母親のようにいつか彼女も去っていってしまうかもしれない。

それを恐れて『誰となにをするかは君の自由だ』などと、本心とは違うことを口にしてみたりした。本当は嫌でたまらなかったくせに。

結局、拓朗と一緒にいさせるのが心配で迎えに行ってしまったが、結果としてお互いの気持ちを擦り合わせられたのでよかったと思っている。独占欲をさらけ出す俺に対しても、莉真はまったく嫌がらず受け入れてくれた。

『ずっと、ずっと一緒にいます』

そう言ってくれた時、どれだけ嬉しかったか。

姉さんが『わりといいもんよ、結婚って』と言う気持ちがよくわかった。本気で愛する人と共に生きていくのは、面倒で難しいが、とても幸せなことなのだと。

＊　＊　＊

二泊のフライトを終えてマンションに帰宅し、玄関のドアを開けるとかすかに夕飯のいい匂いがした。すぐに莉真がいつものように出迎えてくれたが、どことなくそわそわしているのは彼女が最後に見たのがお互いの裸だったからか。

照れている様子すらも愛しく思いながらリビングに向かい、荷物の片づけは後にして、すでに食事が用意されているダイニングテーブルにつく。

莉真の手料理はいつも美味しい。温かみのあるそれをいただきながら、会えなかった三日分の話をする。

「そろそろ国際線も多くなっていくんですよね。今回はなにも問題はなかったですか？」

「ああ、フライトのほうはね」

キョトンとする莉真に「望と話したよ」とだけ言うと、彼女はあからさまに緊張した様子になった。

やはり告白のことは知っているんだなと思い、間接的に断ったことを匂わせておく。

「それで、ずっと考えてた。どうして望じゃなくて、莉真を好きになったのか」

一瞬目を丸くした彼女は、ほんの少し頬を染めて遠慮がちに問いかける。

「どうして、ですか？」

「たぶん、新しい一歩を踏み出したい気持ちにさせてくれたのが君だったからかな。そう思わせてくれる人は他にいなかったから、強烈に惹かれたんだ」

真面目にそう伝えた後、「あと、酔っ払うとケンカ腰になるところがツボで」と茶化すと、莉真はいじけた子供みたいな顔になった。可愛い。

意地悪して喜ぶのもほどほどにしたほうがいいか、なんてほんの少しだけ反省する俺に、莉真はやや呆れ交じりの笑みを向ける。

「暁月さんみたいな人も他にいませんよ。急にキスしたり、結婚を提案してきたり、毎日甘やかされたりしたら、もう好きになるしかないって感じでした」

俺の思惑通りに功を奏したらしい。ここまでして落ちてくれなかったら絶望的だが。

「効果てきめんだっただろ。〝強引に他の男を意識させる方法〟は」

「はい。でも、それはきっかけでしかなくて」

言葉を続ける莉真の表情が、みるみる柔らかくなる。

「暁月さんが抱えてるしこりみたいな部分を取り除いてあげたくなったし、私と一緒に幸せになってほしいって思いました。城戸さんに対しては、ただ好きっていう気持ちしかなかった。心から愛した人は、暁月さんが初めてです」

慈愛に満ちた表情を浮かべる彼女に、ドキリとさせられた。

誰よりも深く想ってくれていることが心底嬉しいし、優越感を抱く。満たされた気分で「俺もだよ」と返すと、莉真も幸せそうに笑った。

込み上げる愛しさは次第に欲情に変わっていき、夕食の片づけもそこそこにベッドへなだれ込んだ。

俺しか知らない彼女の身体を、大切に、大切に愛でる。かつ、彼女の弱い部分を執拗に責めて快感を教え込む。心も身体も俺なしでは生きられないと思うほど、深く溺れさせてやりたい。

もう独占欲を抑えるのはやめたから。これからは自分の気持ちに正直に、妻への愛を精一杯伝えていこう。

六月下旬のある日、ひと足早く近所で花火大会が行われるにあたって、マンション内のパーティールームで交流会が開かれることになった。立食形式で軽食が用意され、見晴らしのいい最上階の窓から花火を堪能できる。

泉さんは生憎仕事のため参加できなくなってしまったらしいが、パイロットの先輩一家には会えるかもしれないと話したら莉真が乗り気だったため、俺たちも参加している。

乗り気だったのは莉真だけでなく、俺の姉も然り。もっぱらマンションの住人向けだが、家族なら呼べると話したら『じゃあ娘と行っていい？　いいよね！』と俺の返事を聞かずに来る気満々だった。わが姉ながら図々しい。

姉の旦那は大手の商社マンで、今日は会食でいないらしく母子ふたりで羽を伸ばしにやってきた。俺をそっちのけで莉真に手を振る。

「莉真ちゃん、久しぶり〜！」

「お久しぶりです、陽和さん。奈々ちゃんもこんばんは」

「こんばんはー」

きちんと挨拶した奈々だが、俺と莉真を交互に見てなぜかしゅんとしてしまう。

「いいなぁ、あっくんのおよめさん……ななが なりたかった……」

「うっ、罪悪感が」

胸を押さえる莉真に、姉は笑いながら「気にしないで。失恋も経験しておかないと」とフォローになっているのかどうなのか微妙なことを言っていた。

さすがに恋ではないだろうと思いつつ、姉の代わりに俺がフォローする。

「奈々にはもっとお似合いの男の子がいるよ。ほら、あそこに」

二歳の男の子を連れた親子がいる方向に、小さな奈々の身体を向けてやる。彼らが俺の尊敬する天澤《あまさわ》キャプテンと、その妻子だ。

天澤さんの妻であるつぐみさんが俺たちに気づき、ぱっと笑顔になる。

「あ、相良さん夫妻だ！」

「つぐみさん！」

莉真も嬉しそうに歩み寄っていく。つぐみさんは運航管理の仕事をしているので、莉真と少し近いものがあり、結婚の挨拶をした時から意気投合していた。

明後日の方向に走り出す息子を捕まえて抱き上げる天澤さんは現在三十七歳で、日本アビエーションの最年少機長の記録を打ち立てた人。会社は違うが仕事の相談に乗ってもらうこともある心強い同志だ。

つぐみさんは『この人ドSなんですよ！』と言い張っていて、確かに冷徹な一面もあるが俺には彼女を溺愛している愛妻家にしか見えない。

姉と奈々も挨拶をして、息子の遥《はるか》くんとじゃれ合って「可愛い～」と連呼している。子供たちの相手は姉に任せ、俺も天澤さんと話をする。

「お疲れ様です、天澤さん」

「お疲れ。相良は上から花火見るかと思ってたよ」

「こっちのほうが断然いいでしょう」

飛行機に乗っていても花火は見えるが、莉真のそばで見たほうが何倍も楽しい。天澤さんは整ったクールな顔をほころばせ、「お前もすっかり愛妻家だな」と言った。

莉真に目をやると、奈々たちが食べ物を取りに行っている間に遥くんと遊んでいる。母性を感じる彼女に少しドキリとして、子供ができた俺たちの将来の姿が勝手に頭に浮かぶ。

「はなびみるのー。どーんって」

「ふふっ。もうすぐ始まるよ。楽しみだね」

「うん！　ぐでー」

「ぐ、ぐでー？」

「Good Day. ね」

愛らしい遥くんの発言をつぐみさんが通訳するので、微笑ましくて口元が緩んだ。

「英才教育の賜物ですね」

「だろ」

得意げな天澤さんに、つぐみさんがバッとこちらを向いて俺に訴えてくる。

「この人、もう航空英語とかフローチャート覚えさせようとするんですよ⁉　さすがに早すぎるでしょ！っていう」

「将来パイロットになってほしくてね。息子と飛ぶのが夢だから」

「自分の夢を押しつけない」

じとっとした目で注意したつぐみさんだが、遥くんを見下ろしてすぐに穏やかな笑みに変わる。

「でも、そうなったらいいね」

温かい声を紡ぐ彼女に、天澤さんもとても優しい眼差しを向けていた。

天澤さんの父親もパイロットだったそうだが、一緒に飛びたいという夢を叶えられないまま事故で亡くなってしまったらしい。

天澤さんのように父親を慕って尊敬している人を見ると、自分が異端者のように思えてくる。実際、もう根に持つ必要はないんだよな。敬遠していた結婚もできて、今幸せなのだから。

花火が上がり始め、皆思い思いに夏の風物詩を楽しむ。俺は莉真と窓際に並んで立ち、東京の夜空を彩る美しい光を眺めながら口を開く。

「俺の父さんも、パイロットになるのが夢だったらしい」

なんの脈絡もなく話し出すと、莉真はやや驚きつつも静かに耳を傾ける。

「だから、あの人が諦めた夢を俺が掴んだら悔しがらせてやれるんじゃないか、って思ったのが最初のきっかけだった。ひねくれてるだろ」

自嘲気味に笑うと、莉真は真面目な表情で「そうだったんだ」と呟いた。

でも、そんな不純な思いを抱いたのも運命だったのかもしれない。

「今では天職だと思っているし、おかげで莉真に会えたから、この道を選んで大正解だったけどな。もうあの頃みたいな卑屈な自分はいないよ」

「うん……陽和さんが、最近の暁月さんの雰囲気はすごく柔らかくなったって言ってました。お義父様にもきっと、優しい気持ちで接することができますよ」

濁りのない瞳が俺をまっすぐ捉えて、花火が開いた瞬間のように俺を明るく照らしてくれる。彼女は俺の道標だ。

キスしたくなる衝動を抑え、代わりに指通りのいい髪を撫でる。

「俺をそうさせたのは莉真だって自覚してる？」

「あ……はい。光栄です」

照れると妙に硬い言葉遣いになる彼女がおかしくて笑ってしまった。

幸せっていうのは、こういうなにげない瞬間にも感じられるものなんだと知った。

彼女となら、いつまでもこんな気持ちでいられるだろう。

あっという間に七月に入り、パイロット泣かせの梅雨の時期が続いている。

経路上にある梅雨前線には、壁のように積乱雲が連なっているので迂回などの対応を取らなければならないし、逆にずっと雲の中を飛行する場合も多い。

普段にも増して緊張の時間が続く日々を過ごしているが、家に帰れば可愛い妻が待っていて癒してくれる。結婚なんてするもんじゃないと思っていたあの頃の俺はどこへやら、ふたりの生活はかけがえのないものだとひしひしと感じている。

莉真の薬指に光る指輪も、彼女は俺のものだと主張しているようで安心感が得られる。本気で人を愛したことで、こんなにも意識が変わるとは。

ところが、二日ほど前から莉真は元気がない。体調は悪くないらしく普通に会話もするが、どことなく表情が沈んでいる時が多い気がするのだ。彼女があからさまに気落ちしているのは珍しいので心配になる。

仕事でミスでもしたのだろうか。彼女が好きなスイーツをあげたら、少しは気分がよくなるかもしれない。

そう目論み、休日の今日は洋菓子店へ行ってチーズスフレを買った。夕食を終えてそれを出そうとした時、莉真は最近の覇気のない様子ではなく、覚悟を決めたような顔で告げる。

「私、北海道へ行こうと思う」

ダイニングテーブルの向かいに座る彼女の口から放たれた、突拍子もないひと言。

その意図が読めない俺の口からはまぬけな声が出る。

「……旅行で?」

「情報官として」

ふっと口元を緩めた莉真は、軽く首を振ってそう言った。俺はみるみる顔が強張る。

情報官として……って、北海道へ異動するということか? 最近元気がなかったのは、この件について悩んでいたからだろうか。

あまりに突然の話でついていけず言葉を失う俺に、彼女は妙に落ち着いた調子で説明する。

「新千歳で情報官が足りてないんだって。辞めちゃったり産休に入る人が重なって大変だって、ゴンさんも電話で言ってたの。新千歳では松本の管制もしてるし、私なら即戦力になれると思うから」

「待て」

まるで用意していたセリフのようにつらつらと話すので、思わず制した。いくら人員不足だからとはいえ、莉真に白羽の矢が立つのは納得がいかない。

「それにしたって、莉真が行くのはおかしいだろう。まだ東京へ来て半年も経たないのに、また異動なんて横暴だ」

「前も羽田でやってたから経験は積めていると思うし、今私がやってる離島もいずれ新千歳の管轄になるから、ちょっと時期が早まるだけですよ」

わずかに口角を上げてあまりにもあっさりと返してくるものだから、俺は眉根を寄せる。

莉真は本当にそれでいいのか？　ようやくちゃんとした夫婦になれた矢先に別居することになるというのに。もしかしたら、上司に強要されている可能性もある。

「内示は拒否できないと思ってる？　結婚した人は勤務地も考慮されるはずだ。不当な異動なら異議を唱えれば――」

「私がそうしたいんです」

強めの口調で言葉を遮られ、俺は口をつぐんだ。

「暁月さん、お義父様に言ったでしょう。『俺たちは互いにやりたいことを尊重していきたい』って。だから、私の意思を大事にしてくれますよね？」

彼女は眉を下げて微笑み、懇願するように俺を見つめる。

確かに父に言ったのは覚えているし、本心だ。男関連は別として、莉真にやりたいことがあるならそれを制限したくない気持ちは変わっていない。

しかし、彼女は笑みを浮かべてはいてもどこか苦しげに見える。無理やり自分を納得させているように思えて仕方がない。

「君が本当にそれを望んでいるとは、俺には思えない」

「……本当ですって。それにほら、暁月さんもうすぐ技量審査じゃないですか。国際線の路線資格も取らなきゃいけないし、きっと私がいないほうが勉強に集中できます」

へらりと笑う空元気な彼女に自分の思いとは真逆のことを言われ、つい頭に血が上りそうになる。度重なる訓練も、莉真がいるからこそ頑張れるというのに。

テーブルに置いた手をぐっと握り、憤りをなんとか抑える。

「莉真が試験の妨げになるなんて思うわけがないだろ。俺はそんなに不甲斐ない男じゃない」

冷静になろうとしても声に怒気が滲んでしまい、笑みを消した莉真は罰が悪そうに目線を落とす。

「俺のためだとか言うならやめてくれ。それとも、俺から離れたいのか？」

「っ、そんなわけないじゃないですか！」

前のめりになってすぐさま声を荒らげた彼女の、今の言葉だけは本心だとわかった。切なげに眉根を寄せる表情から、葛藤しているのが伝わってくる。

「できることならずっとそばにいたいですよ。でも、私の仕事はそうもいかない。いつか離れる時が来るって、最初からわかりきっていたことです。そのタイミングが来たなら、覚悟しないと」

大きな瞳がうっすら潤むものの、意を決した面持ちに変わっていく。そしておもむろに腰を上げた彼女は、俺のそばへ来てふわりと肩に腕を回した。

「大丈夫。距離が離れても、私たちならきっと大丈夫です。どこにいても夫婦であることに変わりないし、私はずっと暁月さんだけを想っているから」

俺だけでなく自分自身に言い聞かせるような、しなやかな声が耳元で響く。ささくれ立った心が、一時だけ撫でられたかのごとく穏やかにさせられる。

「暁月さんもそうでしょう？」

「……もちろん。ずっと君だけを愛してる」

俺も柔らかな身体に手を回し、しっかりと抱きしめ合った。

離れても想いは変わらないと断言できるし、莉真のことも信じている。だが、今回の件については背景になにかが隠されている気がしてならない。納得できないまま諦めるのは御免だ。

俺は愛しいぬくもりを抱きしめながら、おそらく鍵を握っているであろう人物に会おうと心に決めていた。

翌日、スタンバイだった俺は空港で待機することにし、昼休憩の時間に父を呼び出した。今週、彼は会議で東京空港事務所に度々出向いているそうなのでちょうどよかった。莉真もいつも通り出勤しており、俺が今日父と会おうとしていることは知らない。

人に話を聞かれてはいけないため、空港内のコワーキングスペースを利用する。ふたりで利用できる個室を選び、小さなデスクに向かい合って座った。

滑走路を走る飛行機が眺められる窓を背にした父に、単刀直入に切り出す。

「莉真が急に新千歳へ行くと言い出したんだ。この異動話には父さんが関わっているのか？」

人事部長である父なら知らないわけがないだろう。今こうして会っているのは、きちんとした理由を説明してもらうためだ。

父は俺がアポを取ってくるのをある程度予想していたのか、ひとつ息を吐いて「これから話すのは、人事部長としてじゃなく家族としてだからな」と念を押した。バッグからタブレットを取り出した彼は、なにかの画像を開いてこちらにディスプレイを向ける。

「私のもとに匿名でこれが送られてきた」

そこに映し出された写真を見て瞠目した。

莉真の顎に拓朗が手を添え、キスをしようとしているように見えるワンシーン。場所は、以前彼らが飲み会をしていたスペインバルだ。一体誰がこんなものを……。

「〝ふたりが不倫している〟という文言つきだった。これを見る限りでは、確かに親密そうではあるな」

父は俺を試すような調子で言い、腕組みをしてデスクチェアにもたれた。一瞬動揺させられそうになり、どす黒い感情が湧いてくるのを抑えて考えを巡らせる。

拓朗が莉真を本気で好きなのだと気づいたのは、まさにこの日。迎えに行った時、莉真に向けるあいつの切なげで愛おしそうな表情を見た瞬間に直感した。

それまでは他の女性に対するのと同じように、軽い調子で甘い言葉を吐いているだけだろうと高を括っていた。だが、あいつがひとりの女性の前であんな顔を見せるとは。一気に焦燥と嫉妬に駆られると同時に、迎えに行ってよかったと安堵も覚えたのだった。

しかし冷静に考えれば、過ちなどはなにもなかったと断言できる。もしなにかあったならわかりやすい莉真はその後の態度に出るだろうが、特に疑わしいことはなかったから。なにより、莉真が俺を裏切るようなマネをするはずがない。

それに、拓朗は女たらしではあっても、人のものに手を出すような男ではない。この写真のような行いをしたというのは説教してやりたいが、さすがに不倫をしようとしていたわけではないだろう。

俺はなにげに拓朗のことも信頼しているんだなと思いつつ、落ち着いて口を開く。

「この写真が撮られた後、俺もここへ行ったよ。テーブルの上を見ればわかるが、ふたり以外にも職場の仲間がいたんだ。男のほうは俺が昔から知っているやつだし、不倫なんてしていない」

「……まったく疑わないんだな」

「当たり前だ。彼女を信じているんだから」

当然のように言うと、父は少し驚いているようだった。俺がここまで愛しているとは思っていなかったのかもしれない。

莉真に異動話が出たのはこの写真のせいか。しかし、仮に本当に不倫していたとしても処分は与えられないはずだ。いくら公務員とはいえ、犯罪ではない不倫行為は処分を受ける対象にはならないのだから。

「よっぽど倫理的に逸脱した行為でない限り罰せられはしないっていうのに、確固たる証拠とは言えないこの写真だけで異動させられるのはおかしいだろう」

「普通ならそうだが、これを送ってきた人間が『処分を下さないとこの写真を拡散する』と言っているんだ。本気かどうか定かじゃないが、対策をしないわけにいかない。暁月にも関わってくるしな」

眼鏡を押し上げながら重苦しい声色で言われ、俺は眉をひそめる。

もちろん莉真をさらし者になどしたくないが、だからってこれを送りつけてきたやつの言いなりになるのもどうかと思う。送信元を割り出すのが一番の解決策じゃないだろうか。

誰がなんのためにそんな要求をするのかが、今の時点では見当もつかない。拓朗か莉真に恨みを持つ人間だと考えるのが妥当だろうが、あの場所にいたのはわかっているだけでふたりの上司と望だけ。

上司がするとは考えにくい。……まさか、望が莉真に嫉妬して？　いや、だとしたらなぜ今になってこんなことをするのか説明できないよな。

陰湿なやり方をする誰かに怒りを覚えつつ黙考していると、父が冷ややかな面持ちで口を開く。

「相手の男性、城戸くんにも同じ話をしたが否定していたよ。だがお前の父親として、紛らわしく軽率な行動をした莉真さんを見過ごせない気持ちがあるのも確かだ。しばらく彼女が離れたほうが、いろいろな試験を控えた暁月のためにもいいんじゃないか？　離婚するよりマシだろう」

無情なその言葉を聞き、怒りの矛先が目の前の父に向く。

莉真が異動を選んだ理由をようやく理解した。不倫なんて事実がなくても、俺や離婚を引き合いに出されたらそうしたほうがいいと思ってしまうのも無理はない。

父は母に裏切られた経験があるから、莉真を許せないのかもしれない。だが、彼女に対して父がそこまで言及するのはあまりにも不条理だ。

腸が煮えくり返り、彼を敵意むき出しの瞳で睨みつける。

「……父親として？　だったら引き離したりせずに、莉真を信じて守る術を考えるのが道理なんじゃないのか？　俺だけじゃなく、彼女だってあなたの家族なんだぞ」

次第に声を荒らげる俺と、父は目を合わそうとせずにただ口を閉ざしている。

「昔からそうだ。あなたはなんでも自分の都合のいいように周りを支配する。今回も同じ、ただ自分の気に入らないものを排除しようとしているだけだ。俺たちのことなんてこれっぽっちも考えちゃいない」

これまでずっと抱えてきた不満はもう呑み込めると思ったのに、怒気を込めて吐き出してしまった。俺の大切な人まで抑圧しようとしている父に対して、憎む気持ちが再燃する。

彼は硬い表情のまま、やっとこちらに目を向ける。

「なら、この騒動を収めてみろ。差出人を見つけてあの要求を撤回させれば、お咎めなしとしよう」

上から目線なのが気に食わないが、とりあえず異動については保留になったと解釈して、荒んだ気を落ち着ける。差出人を捜すというのだけは同意だ。

その時、俺のスマホが鳴り、体調不良のパイロットがいるので稼働してほしいとの連絡が入った。一応話が一段落したところでよかったと思いつつ、「フライトが入った」と短く告げて腰を上げる。

同じく立ち上がろうとする父を一度まっすぐ見つめ、真剣に訴える。

「莉真も拓朗も、今の場所に必要な人だ。こんな写真に惑わされずに、彼らの能力で判断してやってくれ」

これは切実な願いだ。ふたりとも運航情報官として優秀なのは間違いないのだから、スキャンダルを理由に異動させるのはやめてほしい。

それだけ伝えると、感情を読み取れない父より先にコワーキングスペースを出た。

オフィスへ向かいながら思いを巡らせる。

莉真の気持ちはわかったが、なぜすべてを俺に話さなかったのだろうか。こういう事情だと知っていたら彼女を責めたりなんてしなかったし、いくらでもサポートするのに。

また拓朗との仲を疑われそうだから隠しておきたかった？　それとも、父を庇うためか？

なんにせよ、会ってちゃんと話をしたい。あの写真を送りつけた人物の特定もしたいが、どれもフライトを終えるまでは我慢だ。

更衣室で制服に着替えると同時にもどかしさを振り切り、準備を終えるとブリーフィングを始めた。

急きょ飛ぶことになったのは、数カ月に一度程度でフライトしている八丈島。羽田から一時間足らずで到着する離島だ。

ここの交信は莉真が行っている。今日は生憎の雨模様でコンディションはあまりよくないが、彼女の声が聞けると思うだけで安心感が得られる。

ペアを組むことになったコーパイは、前にも一緒になったことがある二十七歳の明るい男性。『奥さんってどんな方なんですか？』と興味津々で聞いてきた彼だ。

今日も「また相良機長と一緒に飛べて嬉しいです！」とにこにこの笑顔で言われ、その愛想のよさのおかげで、先ほどのイラ立った気持ちも平静に戻る。

すべての準備を整え、俺が操縦するＨＡ479便は定刻通りに出発した。

どうしても避けられない積乱雲の中を、多少の揺れを感じながらも飛行していく。

十数分後、一瞬辺りが明るくなり、大きな音がすると共に機体に振動を感じた。

コーパイが少々驚いた様子で「おっ」と声を漏らす。

「落雷ですね」

「そうだな。念のためアナウンスを頼む」

「わかりました」

飛行機は雷が落ちても安全に飛行できる仕組みになっている。とはいえ、乗客の中には不安に思う人もいるかもしれないので気を配らなければならない。

大きな問題はなく予定通りの針路を進み続け、管制空域が変わった地点で莉真が担当する八丈島のレディオにコンタクトする。

「Hachijyo redio, HA479.（八丈レディオ、こちらヒノモトエアー479）」

コーパイが呼びかけるも、返事がない。今の呼びかけに「acknowledge（応答してください）」をつけてもう一度声をかけても同じ。

航空機が飛び交う忙しい空域ならまだしも、このようなところで応答しなかったことなどないので、明らかに異常だとわかる。

「返事がありませんね……。無線が届いていないいんでしょうか」

「周波数をひとつ前のものに切り替えてみてくれ」

コーパイが俺の指示通りに周波数を変えたり、電源を入れ直したりするも状況は変わらない。ふたりして眉をひそめた、その時。

《HA479, Hachijyo redio. Report your position.（ヒノモトエアー479、こちらは八丈レディオです。位置を通報してください）》

莉真の声が、雑音に交ざってではあるが確かに聞こえてきた。おそらく俺たちからの連絡がないので自ら促したのだろう。どうやらこちらからの声だけが届いていないらしい。

「これは確実に故障、ですよね……？」

「ああ。スコーク7600にセット」

スコーク7600とは、無線機が故障したことを地上に知らせるコードだ。コーパイは表情に動揺を露わにしながらも、「了解」と返事をしてスイッチを押した。

出発前の確認作業では問題なく、つい先ほどまで使用できていた。原因が考えられるとすれば、先ほどの落雷だろう。無線機も落雷時に正常に作動する工夫はされているが、ダメージを受ける可能性が百パーセントないわけではない。

無線機が故障した時の手順はしっかりと定められていて、パイロットだけでなく管制官や運航情報官も対応できるように訓練されている。莉真たちにこの情報が届き、援助してくれるのを信じて飛ぶしかない。

目視ができるなら最寄りの空港に着陸するのが決まりだが、今は視界が悪く他の航空機も確認できない状態。こういう場合は高度や速度、針路の測定などを計器だけに頼って飛行する、ＩＦＲという方式で目的地へ向かうことになる。

「フライトプランに従って、ＩＦＲで雲が切れるまで飛ぶ。といっても、今日の天候だと視界が開ける前に八丈島に着いてしまいそうだが」

「了解しました。……初めてです、訓練以外で飛行中に無線機が故障するのは」

「俺もだ」

表情を変えずにさらりと答えると、コーパイはさらに不安そうな顔になった。

俺も冷静ではいるが、まったく動揺していないわけじゃない。視界が悪い中、満足に通信がやり取りできない状況はとても恐ろしいことだから。

万が一、到着するまでに他のシステムに異常が起こっても、詳しい情報を知らせる術がない。近くに他機が迫っていた場合も、相手にはこちらがどう動くかがまったくわからないため互いを危険にさらすことになる。
頼みの綱は莉真からの通信だが、聞き取りづらいしいつ途絶えてもおかしくない。普段の何倍も精神力を削られる状況で、判断を誤れば危機に直面するかもしれないのだ。一気に緊張が高まるコックピットに、再び雑音と共に交信が入る。
《HA479, Hachijyo redio. If you read me IDENT.（ヒノモトエアー479、こちらは八丈レディオです。もし聞こえていたらアイデントボタンを押してください）》
ＩＤＥＮＴというのは本来、レーダーに映るこちらの機体のマークを変化させて管制官が見つけやすくするためのものだが、今は受信ができているかの確認のために声をかけたのだろう。
言われた通りにコーパイが信号を送ると、しばらくして返答が来る。
《ヒノモトエアー479、ありがとうございます。現在、五千フィート付近にトラフィックはありません。無事到着するよう、こちらからの情報は逐一お伝えしますのでご安心ください》
いつもと変わらない、落ち着いた声。しっかり聞き取れるよう日本語で伝えるところもありがたく、彼女の気遣いを感じる。

五千フィートはフライトプランに則って今俺たちが飛んでいる高度であり、周囲に航空機がいなくなるよう早急に対処してくれたのだろう。ある程度安全に飛べるとわかり、こちらの気持ちも安定する。

今、俺たちだけで飛んでいるわけじゃない。管制をしている人々も、協力し合ってなんとかしようと頑張っているのだ。俺が急きょこの便に乗っていることを、莉真は知らないだろうけれど。

「彼女の声が聞こえているなら大丈夫だ。絶対に俺たちを安全に導いてくれる」

この緊急事態で口元に笑みさえ浮かべる俺を、コーパイはややギョッとした様子で一瞥して言う。

「どうして無条件に信じられるんですか？　今頼りにできるのは彼女しかいませんが、この状況では間違った情報が送られてくることも――」

「ないよ。彼女は、俺が最も尊敬している情報官だから」

断言すると、不安げにしていた彼の瞳に光が宿ったような気がした。

話している間も計器を確認し、スラストレバーで速度を調整する。

「天候に関してはテキストメッセージでも手に入れられる。あらゆる情報を集めて対処しよう。無線が復活する可能性もあるから、こちらからも送信し続けて。やるべきことは普段と同じだ」

表情を引きしめつつも落ち着いて指示を出すと、彼も気合いを入れ直したように背筋を伸ばし「Roger.」と返した。

いつも通り、安全に到着して当然、といった風に乗客が降機していく姿を見るために最善を尽くす。オフィスで見守る、もうひとりの最愛のパイロットと共に。

以心伝心アライバル

暁月さんと両想いになって、身体を重ねて、本物の夫婦として幸せな日々が始まった——その矢先のことだった。夢見心地の雲の上から突き落とされたような気分になったのは。

七月に入ってすぐのある日、仕事中にひとりの職員に呼ばれ、「本局の相良部長から電話だよ」と言われて驚いた。お義父様から私に電話をかけてくるなんて初めてだったから。

内容は、仕事が終わったら少し時間を取ってほしいというもの。一体どうしたのだろうかと、事務所を出た後約束した喫茶店へ緊張気味に向かい、久しぶりに彼と顔を合わせた。

「急に呼び出してすまないね」と気遣ってくれたが、向かい合って座る彼の表情は硬く空気が張り詰めている。

ただならぬなにかを感じつつ、とりあえずカフェラテを頼む。それが運ばれてきて間もなく、向けられたタブレットのディスプレイを見た私は息が止まりそうになった。

映っていたのは、スペインバルで城戸さんとふたりになった数分の間に撮られた写真。親密だと誤解されても仕方のないワンシーンで、冷や汗が流れる。

「一体誰が、こんな……」

「匿名で送られてきたんだ。〝ふたりは不倫している。処分を下さないとこの写真を拡散する〟という文言と一緒に」

どうしてそんなことを……!? そうしたところで、これを送った人物になんのメリットがあるというのか。ただ嫌がらせをしたいだけ？

悪意しか感じられず怖くもあるけれど、まず不倫の誤解を解きたい。

「彼とは昔から知り合いではありましたが、ただの同僚でそれ以上の関係はなく、この日も上司と一緒に食事をしていただけです。不倫だなんて事実無根です」

お義父様を一直線に見つめ、切実に訴えた。しかし、彼の厳しい表情は変わらない。

「疑惑を鵜呑みにするわけではないが、暁月の妻という立場でありながら紛らわしく軽率な行動をした君を、父親として見過ごせない気持ちがあるのも確かだ」

そう言われてしまうと自分に非がなかったわけではないと思い、唇を噛んで肩をすくめた。暁月さんのお母様も不倫をして出ていってしまったのだし、お義父様の気持ちもわからなくもない。

「万が一この写真が広まってしまったら、少なからず暁月にも影響がある。機長になったばかりで様々な試験も控えている大事な時期にそれは避けたいことだと、君ならわかるだろう」

「もちろんです。ですが……！」

「離婚しろとまでは言わない。だが暁月のためを思うなら、ほとぼりが冷めるまで離れるのがいいんじゃないか？　ちょうど新千歳で人が足りていないようだしな」

離婚という単語が、ずしりと重くのしかかる。

今のセリフは〝離婚しない代わりに新千歳へ異動しなさい〟と言っているようなものだ。直接的に異動しろと命令しないところが、お義父様の要領のよさを感じる。

彼を説得させられるような言葉が今は見つからず、結局一週間後に結論を出すという形で話を終えた。

暁月さんのために離れたほうがいい？　本当にそうなんだろうか。他の方法でこの件を解決させられないか、私はひたすら頭を悩ませていた。


翌日も浮かない気持ちで出勤すると、城戸さんと会った途端人目につかないスペースへ連れていかれ、深く頭を下げられた。

「莉真ちゃん、迷惑かけて本当にごめん。俺が一方的にしたことで、莉真ちゃんはなにも悪くないって言ってるんだけど」

「いえ……！　仕事中ならともかくプライベートのことですし、あの写真を送った人が問題だと思います」

「俺も、今回の程度で処分を受けるのは不当だって抗議してる。誰がなんの目的でこんなことをしてるのか、突き止められたらいいんだけどね」

難しい顔をする彼に、私も頷いた。私たちを貶めようとしている人が一番の問題だとわかっているけれど、こうなってしまった以上ペナルティーを覚悟しなければいけないかもしれない。

「……最悪の場合を考えて、言う通りにしたほうがいいのかも。暁月さんに迷惑をかけたくないし、お義父様をこれ以上怒らせて離婚させられたくもない」

まつ毛を伏せて弱音をこぼした。城戸さんは申し訳なさそうな顔をしていたものの、私と目線を合わせてじっと見つめる。

「大丈夫。まだ手はあるから、俺に挽回させて」

彼がなにをしようとしているのかはわからないが、あのお義父様の考えを変えさせることができるとは思えず、私は曖昧に微笑むだけだった。

その日、暁月さんは夜遅くに帰宅するようだったので、その前に久々にゴンさんに電話をかけた。新千歳の話が出たので、人員不足というのは本当なのか聞いてみたかったのと、単純に彼と話して元気をもらいたくなったから。

夜風が気持ちいいルーフバルコニーに出て、ライトアップした綺麗な東京タワーを眺めながらスマホを耳に当てる。

「もしもし、ゴンさん？」

《おー降旗！　元気でやってるか？　俺もそろそろ連絡しようと思ってたんだよ。あ、もう〝降旗〟じゃなかったわ》

「あだ名としてそのまま呼んでください。職場でも旧姓だし」

懐かしい声が聞こえてきた瞬間に元気がチャージされたような気分で、自然にあははと笑えた。

こうして話すのは、松本の皆でリモートをした時以来だ。やっぱりゴンさんは親戚のおじちゃんみたいな安心感があって、話すと落ち着く。

《で、どうした？　俺に電話かけてくるくらいだから、なにかあったんだろ》

「ゴンさんのドスの効いた声が聞きたくなっただけですよ」

《……それはキュンとさせようとしてるのか？》

彼の返しにひとしきり笑った後、雑談を交えて新千歳の現状を聞き出した。

人が足りていないのは本当で、ゴンさんもなかなか忙しいシフトになっているらしい。『誰か即戦力になれるやつが来てほしいわ』とこぼしていたけれど、私がその候補になるかも……なんてことは言えない。

結婚してしばらくは暁月さんと一緒に暮らせるものだと思っていた。その間に子供を産んで、ある程度手がかからなくなるまではこのままで、異動するにしてもせめて近い場所にしてもらえたら、というのが本音だった。

でも、今回の件がなくても理想通りに行くとは限らないし、前向きに考えれば、子供がいなくて動きやすい今のうちに異動してしまうのもアリかもしれない。二、三年で戻ってきてからでも、年齢的にまだ十分子供も望める。

今ならゴンさんという強い味方もいるのだし、と思いながらぽつりと呟く。

「ゴンさんとまた働くのも悪くないかもなぁ……」

《んん？　さっきからなんなんだ、俺を惑わせようとして》

「してませんよ！」

やっぱりテンポのいい会話が楽しくて、笑って肩の力が抜けた。

それからもしばらくたわいのない話をし、また近々松本の皆と会おうと約束して電話を切った。再び夜景を眺めて、小さなため息を吐き出す。

明日暁月さんが帰ってきたら、写真については伏せて、北海道へ行く可能性があるとだけ伝えよう。

すべてを話したら暁月さんはなんとかしようと動いてくれると思う。でも、それこそ彼の仕事の妨げになるだろうし、せっかくわだかまりをなくせそうなお義父様との仲にまた亀裂が入ってしまうかもしれない。

事を荒立てずにすべて丸く収めるには、私が異動するのが一番だ。自分もそれを望んでいると言えば、暁月さんはきっと強く反対はしないだろう。相手を縛るのが嫌いな彼だもの、自由にさせてくれるはず。

大丈夫、私たちの心は繋がっているのだから。離れてもうまくやっていけると信じている。

——翌日、予定通り異動に反対する気はない体を装って暁月さんに話をした。しかし彼は納得いかない様子のままだったので、やっぱり私は女優にはなれないのだとつくづく実感させられる。

でも、彼が予想外に反対してくれたのは嬉しかった。離れたくないと思っているのは彼も同じだと、その気持ちがすごく伝わってきたから。

本当にこれでいいのかという迷いも完全には消えておらず、まだお義父様にも返事はしていない。一週間の期限ギリギリまで待ったところで、なにか変わるわけではないのだけれど……。

とにかく、プライベートがどうであれ、仕事に影響を及ぼさないようにしなくては。

今日の関東周辺は一日雨予報で、ディレイしている便もあるものの大きな問題は起きていない。添田さんは出張で不在だし、私が担当する離島も無事にすべての運航ができるよう願いつつ、社食でランチをしてオフィスに戻った。

ところが、とある便で問題が発生する。出発時刻から考えて、本来ならすでに連絡が入っているはずの飛行機からの音沙汰がないのだ。おかしいと思いこちらからコンタクトしてみるも、なんの反応もない。

「城戸さん、ＨＡ479便から応答がありません」

「レーダーには映っているよね？」

フロアにある大きなディスプレイにレーダー画面が表示されている。ふたりでそれを見上げた時、ＨＡ479便を示したマークの数字が変化し、アラームが鳴り出した。

「スコーク7600だ」

緊迫した音で周囲がざわめく中、城戸さんが強張った表情で発した言葉に、私は一瞬息を呑んだ。

7600は無線機の故障……応答がないのはそのせいだったのだ。メーデーは出されていないが、緊急事態であるのは確かなので緊張が走る。

頭の中でこうなった場合の対処法を引っ張り出し、すぐに無線を手に取る。向こうからの声が届かないだけかもしれないので、こちらの声が聞こえていたら信号を送るよう伝えた。

天候が悪く目視できない中、声での情報交換ができないのはかなり致命的だ。せめてどちらかの機能が生きていてほしい。

祈るような気持ちでレーダーを見つめていると、ＨＡ479便のマークが再び変化したのでひとまず胸を撫で下ろす。

よかった……受信はできているみたい。それならまだパイロットも対処しやすいだろう。決して油断はできないが。

その時、私の後方に城戸さんではない誰かが来た気配がした。振り返った瞬間、なぜかお義父様がいたので驚いて目を見開く。

「おと……っ、相良部長⁉」

「すまない。会議のついでに職員の様子を観察していたらレーダーが見えたものだから、つい」

彼はいつもの硬い表情に、わずかに不安げな色を滲ませてレーダーを見つめている。

「HA479便に乗っているのは暁月だ」

——まさかのひと言に、一瞬すべての音が遠くなった気がした。

私も城戸さんも、言葉を失う。お義父様は「さっきまで一緒にいたが、八丈島行きのフライトでスタンバイ稼働の連絡が来ていた」と、重い声色で告げた。

半分の通信機能を失ったあの機体を、暁月さんが操縦している。もしも私の声まで聞こえなくなったら、他にも重大なトラブルが起きてしまったら……。

最悪の事態を次々と想像してしまい、ドクドクと鼓動が乱れ始める。

……いやダメだ、冷静にならないと。彼らにとってはこちらの声が頼りなのだから。パイロットが暁月さんであろうとなかろうと、私は精一杯の援助をするだけ。

気を落ち着けて、もう一度レーダーを見上げる。衝突を避けるために、他機を監視している管制官や運航情報官によって、すでにHA479便の周りにはひとつの航空機もないように距離を開けられていた。

「担当、俺が代わろうか？」

心配そうに声をかけてくれる城戸さんに、私は深呼吸をして首を横に振る。

「大丈夫です。このままやらせてください」

背筋を伸ばし、毅然とした口調で答える。城戸さんは私の目を見て頷き、「わかった。俺もサポートするから」と言ってくれた。

いつも通りパイロットの気持ちになって、あらゆる情報から自分が与えるべきものを選ぶ。声に動揺は表さない。不安を伝播させないために。

「ヒノモトエアー479、ありがとうございます。現在、五千フィート付近にトラフィックはありません。無事到着するよう、こちらからの情報は逐一お伝えしますのでご安心ください」

必ず安全に導いてみせる。そう自分自身にも言い聞かせて一旦無線を置くと、お義父様がとても真剣な面持ちで私に向き直る。

「莉真さん……頼む」

彼が私に頭を下げたことに驚くも、気合いを入れ直して「はい」としっかり答えた。

お義父様は城戸さんにも「よろしく」と声をかけ、オフィスを去っていく。暁月さんを心配しているのは明らかだった。わかりづらいけれど、彼もちゃんとわが子を愛しているのだと思う。

それから約十五分、ＨＡ479便は何事もなく飛行を続け、おそらく最終進入経路に差しかかっている頃だ。

八丈島空港にも消防車や救急車を待機させるよう連絡し、万全の体勢で迎える。雨が弱まってきてこちらから滑走路は見えているが、まだ雲が多いため飛行機からは目視できないだろう。

しかし、ここで空港の職員から「無許可のドローンらしきものが飛んでいる」との連絡が入った。それをすぐにＨＡ479便に伝え、モニターで滑走路周辺の様子を確認する。

こちらからそれらしきものは確認できず、城戸さんに報告するも首をかしげている。

「ドローン？　無許可なのは論外だけど、こんな天気の悪い時に飛ばすか？」

「見間違いかもしれませんよね。でも、一応様子を見ないと」

「だね。燃料は大丈夫そう？」

「フライトプランを見る限りでは、あと一時間はもつかと」

ドローンらしきものが滑走路付近に戻ってくる可能性を考えて、一定時間なにも飛んでいないことを確認する必要がある。万が一、航空機に衝突して機体が損傷したら重大な事故になりかねないから。

しばらく空中待機をしてもらうよう伝えたが、ＨＡ479便にどれだけ燃料が残っているか正確にはわからない。そもそも、途中であちらの無線機が受信すらできなくなるかもしれない。パイロットは普段以上に気を張り続けているし、あまり長く待たせたくないのが本音だ。

「どうしよう……連絡も着陸もできないこの状態で、もし他にも機体や乗客に異常が出ていたら……」

こちらでも雨雲が映るモニターでドローンらしきものを探しながら、私はつい不安を漏らした。やはりあちらがなにをしていて、どうしたいのかがまったくわからないこの状況はとても怖い。

眉をひそめる私を励ますように、城戸さんがぽんと肩を叩く。

「暁月って、昔から要領がよかったんだよ。それに、自分の大事な友達とか信念とか、そういうものはちゃんと守るやつだった。だから今も、乗客の安全が脅かされるような状態なら、使える手段を駆使してなんとか伝えようとしてくるはずなんだ」

彼の瞳は力強い光を湛えていて、動揺のないその姿にも、今の言葉にもはっとさせられる。

そうだ、無線交信ができなくても、信号を変えて異常を知らせるサインくらいは出せるだろう。その考えに至らないなんて、まだまだ冷静さが足りなかったか。

「大丈夫。今回もきっと涼しい顔して降りてくるよ」

わずかに口角を上げてみせる彼に、気持ちが奮い立たせられた。城戸さんのように、私も信じて待とう。

気持ちが急くのをなんとか抑え、空港職員とも連絡を取り合いながら例のものを探し続ける。見つけられないまま二十分近く経過した、その時。

完全に雨が止み、空がわずかに明るんできた。先ほどよりも滑走路がはっきりと見える。

ドローンはもう少し様子を見たほうがいいだろうか。でも、またいつ天候が悪化するかわからないし、着陸するなら今のうちだ。これだけ視程がよくなれば、きっとコックピットからも、滑走路だけでなく飛行する物体があれば目視できるはず。

万が一、私のこの判断が間違っていたら、皆を危険にさらす可能性が高くなる。でも……暁月さんならきっと同じ判断をするはずだ。声は聞こえなくても、パイロットの考えを想像することはできる。

空港の職員ともう一度確認をして、無線を手に取る。

「ヒノモトエアー479、今のところドローンは確認されておりませんので、滑走路07

オープンしました。視程が回復してきましたので目視もできるかと思います」

聞き取りやすいよう、念のため日本語で伝えた。あとは暁月さんに任せよう。

時々無線からザザッと砂嵐のような音がしてくるようになり、耳を澄ましてそれを聞きつつレーダーを確認する。旋回していたＨＡ479便が、ファイナルアプローチに入ろうとしているのがわかった。

「HA479. Runway 07, runway is clear. Wind 220 at 15. Unknown traffic not reported.（ヒノモトエアー479。滑走路07、着陸に支障ありません。風は220度から15ノット。ドローンの飛行情報もありません）」

最後にいつも通りの情報を伝えると、再び砂嵐のような音が聞こえてくる。

《……clear. HA479.》

耳を澄ませると、雑音に交ざって確かに声が聞こえたので目を見開いた。送信機能を取り戻したの？

次いで、モニターには待ち焦がれていたナビゲーションライトの灯りが映る。ようやくこの目で見られる安堵と、同じくらいの不安でいっぱいになる。

どうか、機体が破損していたり、火が出ていたりしませんように。このタイミングでドローンが出てきて衝突したりしませんように……！

無意識に胸の前で手を組み、ひたすら祈る。心臓の音がうるさい。

着陸態勢に入った機体には、こちらから見る限り異常はない。強風の時も多い八丈島だが、今日はそれほど風が強くないのが不幸中の幸いだ。

滑走路まであと百メートルほどかというところで、雲の切れ間から光が差し込む。固唾を呑んで見つめていた私は目を見開いた。

慎重に近づいた地面にランディングギアが接地し、上がる水しぶきとエメラルドグリーンの機体が輝く。神々しささえ感じるその光景が、あまりにも綺麗で。

……無事に着陸した。そう実感した瞬間に、安堵と感動が込み上げて目頭が熱くなった。

直後、周りから拍手と控えめに歓声が上がる。いつの間にか私の後方に数人の職員がいて様子を見守っていたらしいが、集中していてまったく気づかなかった。

しかも、その中には添田さんがいて驚く。

「添田さん！　戻っていたんですか」

「ああ、そしたら大変なことになっているから肝を冷やしたよ。降旗さんが集中していたから声はかけなかったけど」

彼女も安堵した様子で言い、「まだ終わりじゃなかったな」とモニターのほうを指差す。そう、無事到着はしたけれど、乗客に問題がないかを確認する一番大事な仕事が残っている。

再びデスクに向き直った時、滑走路をゆっくり移動していたＨＡ479便の無線から音がし始める。

《Hachijyo redio, HA479. Runway vacated.（八丈レディオ、こちらヒノモトエアー479。滑走路を離脱しました）》

ひどい雑音が交ざっているが、さっきよりも声が聞こえてきて皆がどよめいた。一時的かもしれないが、まさかこのタイミングで交信ができるなんて。

もっと早く復活してよ～と無線にツッコみたくなりつつ、ひとまず返事をする。

「HA479, roger.」

《えっ……聞こえていますか⁉》

「はい、たった今復活しました。ナイスランディングでした！」

驚いて思わず、といった調子で返してきた副操縦士も、きっと私と同じ気持ちなんだろう。ようやく会話できる嬉しさをひしひしと感じながら、ひとまず乗客の様子を尋ねる。

幸い体調の悪い人などはいないようで、ほっと胸を撫で下ろした時だ。副操縦士とは別の、低く落ち着きのある声で《八丈レディオ》と呼びかけられ、ドキリとする。

《おかげで無事到着することができました。サポートに心から感謝いたします。あなたの声に助けられました》

――松本での最後の交信と同じ、助けられたというひと言に胸が熱くなった。

どれだけ頑張ってもあまり日の目を見ないこの仕事で、自分が役立っていると感じられるものはパイロットからの労いの言葉だったりする。それをくれるのはいつも暁月さんだ。

でも今は、彼の声が聞こえただけでものすごく嬉しい。

一時だけモニターから視線を外し、急激に込み上げてくる涙を堪えるのに精一杯だった。

その後すぐ、交信は再び途切れ途切れになり完全に聞こえなくなってしまった。どうやら一瞬息を吹き返しただけだったらしい。

空港職員を通して連絡を受けたところ、飛行に影響のある機体の不具合は今のところ無線だけだそう。これから修理をしなければならないので、東京に戻れるのは明日以降になりそうだが、とにかく全員が無事でよかった。

ドローンの所有者も判明し、謝罪を受けたと報告された。どうやら誤って飛ばしてしまったらしい。いたずらなどではなくよかったが、大きな影響が出るので今後は気をつけてもらいたい。

ひと通りのやり取りを終え、ようやく完全に肩の力を抜いたところで、笑みを浮かべた添田さんが話しかけてくる。

「降旗さん、よくやったよ。お疲れ様」

「ほんと、立派になったねぇ」

城戸さんも感無量だといった調子で言う。私は軽く首を横に振り、「城戸さんがいたから落ち着いてできたんです」と微笑んだ。

添田さんは腕を組み、意味ありげに口角を上げる。

「パイロット、相良さんだったんだって？　旦那からラブコールも受け取れてよかったな」

「へ⁉　ら、ラブコールでは……！」

「いーや、あれは俺にもそう聞こえた。夫婦の仲を見せつけてくれちゃって」

城戸さんも加わり、ニヤけた顔で冷やかしてくる。そう言われるとめちゃくちゃ恥ずかしいのだけど。

赤くなっているだろう顔を俯かせる私の耳が、「ますます暁月パパをなんとかしないとな」という城戸さんの呟きをキャッチする。目線を上げると、彼はいつも通りの笑みを浮かべていた。

翌日、暁月さんは雷が原因で壊れた無線の修理が終わり次第、同じ機体に乗って帰ってくることになった。部品を調達するのにも時間がかかったようで、羽田に到着したのは午後三時頃。

早番で午後四時に仕事を終えた私は、暁月さんと待ち合わせをしている。彼も今日はこのまま仕事を終え、明日からまたフライトになるらしいので、早く会って少しでも一緒にいたい。

ターミナルビル一階を足早に進んでいくと、ベンチに座っている暁月さんを発見した。座っているだけで輝いているように見えるのは私だけだろうか。

「暁月さん！」

気持ちが急いて名前を呼ぶと、彼が顔を上げてふわりと笑みを見せた。まるで初恋みたいに胸がときめいて、すぐそこにいるのに触れ合うまでの距離すらもどかしい。

しかし、彼を目前にしたところで手に持っていたスマホのバイブが鳴り、反射的に足を止めた。

「あ」

着信の相手の名前を見て声を漏らす私の隣に、腰を上げた暁月さんがやってくる。

彼にディスプレイを見せると、げんなりした顔になった。

「あいつ……俺らの管制でもしてるのか」

「すごいタイミングですよね」

目を見合わせて苦笑する私たち。電話をしてきたのは、今日休みだった城戸さんだ。

どうしたんだろうと首をかしげつつ、スマホを耳に当てる。

今の状況を伝えると《じゃあ暁月と一緒に五階の会議室に来てくれる？　人事部長様がいるから》と言われ、私たちは再び顔を見合わせた。

これは絶対、例の件だよね。そろそろ一週間が経つから、明日には結論を出さなければと思っていたのだけど……。

というか、暁月さんもいるところで一連の話をするとしたら全部知られてしまう。

どうしようかと悩んだのもつかの間、彼にすっと手を取られる。

「写真の件なら、つい昨日父さんから聞き出したよ。行こう」

「へっ⁉」

もう知っていたの⁉　……あ、そういえば昨日、お義父様がスタンバイ中の暁月さんと会ったと言っていたっけ。その時に話していたのか。

ぐるぐると考えを巡らせる私の手を引いて、空港事務所へと引き返す彼は真剣な面持ちだ。私が詳細を隠していたこと、怒っているかな。

緊張と後ろめたさでどぎまぎしているうちに、会議室の前に着いてしまった。暁月さんがドアをノックして先に入り、私も後に続く。

「失礼します……って、望さん？」

ミーティングテーブルを挟んでお義父様と三人の男女が向かい合って座っていたので、私の口から思わず戸惑いの声が漏れた。城戸さん、望さんと、もうひとり知らない男性がいる。

短髪でスーツ姿の、爽やかそうな二十代後半くらいの人だ。彼はなんだかすごく落ち込んでいるというか、怯えているようにも見えるけれど……。

状況が読めずテーブルのそばに立つ私に、望さんは腰を上げて若干刺々しい口調で言う。

「相良部長がここに来ているって聞いたから、会議の後に時間を取ってもらったの。今はお説教していたところ。拓ちゃんと莉真さんの不倫をでっち上げた、私の元婚約者に」

「っ、え⁉」

ついすっとんきょうな声を上げてしまった。

ちょっと、情報量が多くて理解が追いつかない……。この男性がお義父様に写真を送った人で、望さんの婚約者？　しかも〝元〟って言ったよね？

混乱しまくる私の隣で、暁月さんはやや呆れ気味に腕を組む。

「やっぱりあなただったか……。俺たち以外であの写真を撮れたのは望の婚約者くらいじゃないかって、昨日電話で拓朗と話したんだが」

「そう。それで暁月に『絶対にやつを逃がすな』って脅されてさ」

城戸さんの発言にギョッとすると、暁月さんが「脅してはいないよ」と私に微笑みかける。うん、だとしても〝逃がすな〟発言は本当だったんだろうな……と察し、彼のブラックさに苦笑するしかなかった。

「それにしても、盗撮するならもうちょっとうまくやらないと。コソコソしてるの見えてたよ、江口《えぐち》さん」

挑発するような城戸さんに、江口さんというらしい彼が顔をしかめて「チッ」と舌打ちをした。

差出人の目星がついていたから、城戸さんは『まだ手がある』と言っていたのか。

しかも、暁月さんまでもが推測していたとは。

私が隠していても意味なかったんだなと自分に呆れていると、望さんがいたずらっぽく言う。

「拓ちゃんから今回の件を聞いて、私が彼にちょっとカマをかけてみたの。そうしたら、誰も知らない写真のことポロッとこぼしてくれたから。スペインバルに迎えに来てくれた時、私が帰る前にお手洗いに行った隙に撮ったみたい」

望さんの冷ややかな視線を受けて、江口さんはバツが悪そうに終始俯いている。あの時、私は寝たふりをしていたからわからなかったが、彼もお店まで来ていたのか。

お義父様も眼鏡の奥の目をやや据わらせて彼を見やり、口を開く。

「私も、あんな写真を撮れるのは身近な人だろうとは思っていたが、君も航空局の局員とはね。この陰険な行いが人に知れたら、君のキャリアに傷がつくかもしれんな」

「申し訳ございません！　どうか穏便に……！」

なにげに圧をかけるお義父様に、江口さんは焦った様子でサッと頭を下げた。

彼は私たちと同業者だったのか。立場は完全にお義父様のほうが上だし、今回の件で江口さん自身の人事に影響が出る可能性もなくはないと思うと恐ろしい……。

次々と明らかになる彼の素性に驚くけれど、やはり一番の謎について聞かずにはいられない。

「あの、どうしてあんなことを？　失礼ですが、望さんと江口さんに対して恨みを買うようなことをした覚えがないので……」

正直に言うと、江口さんより先に望さんが呆れつつ笑い交じりに答える。

「この人ね、私が好きなのは拓ちゃんだと思い込んでいたんですって。それで、嫉妬から拓ちゃんを陥れようとしたの」

江口さんは望さんの好きな人は自分じゃないと気づいていて、さらにその相手を誤解していたのか。確かに望さんは城戸さんとも仲がいいし、暁月さんとの間にあった噂を知らなければ無理もないかも。

「一年も婚約者としてやってきたのに、なんにもわかってなかったのよね。私も、彼にこんな一面があるなんて知らなかった。お互いに上辺しか見ようとしていなかったのよ。……ほんと、笑っちゃうわ」

自嘲気味に笑った望さんは、どこか寂しそうにまつ毛を伏せた。すると、江口さんの暗い瞳が私に向けられてぎくりとする。

「……あの日、城戸さんがあなたと親密そうにしているのを見て、望だけじゃなく他の女性までたぶらかしてるのかって心底腹が立った。咄嗟に写真を撮ったのは、いつかそれを見せて望の目を覚ましてやろうと思ったからだよ」

彼は苦しげに眉根を寄せ、本音を吐露し続ける。

「そうしたら、望が『婚約を白紙にしたい』なんて言い出すから……。すべて城戸さんのせいだと思って、貶めてやりたくなったんだ。望のそばから、いなくなってほしかった」

「私が婚約破棄したのは彼のせいじゃない。父の言いなりになる自分のままでいたくなかった。自分を変えたいからだって言ったでしょう？」

眉を下げながらも厳しい口調で放つ望さんは、一緒に飲んだあの時より精神面がとても強くなったように見えた。きっと暁月さんに告白をしてけじめをつけたことで、婚約を破棄する決心がついたのだろう。

ふたりが言い合った後、全然納得のいっていない様子の城戸さんが口を開く。

「俺を恨んだ理由はわかったけど、どうして莉真ちゃんまで巻き込んだんだ？　あれを公表してたら、彼女は汚名を着せられるところだったんだぞ」

「不倫は事実じゃないか！　あんたには奥さんがいるんだから」

城戸さんを睨みつける江口さんのひと言に、皆が一時停止してぽかんとした。

まさか、彼は城戸さんがまだ既婚者だと思っていたの？

「……俺、もう離婚してるんだけど」

「は？　……離婚してる⁉」

初めて事実を知ってギョッとする江口さんに、合点がいった様子のお義父様が言う。

「不倫しているというのは莉真さんに対してではなかったのか。君の標的はあくまで城戸くんだった、ということだな」

真相がわかって私は一気に脱力した。踊らされた感が半端ないな、私……。

いまだに混乱している様子の江口さんを横目に口元を歪めると、黙っていた暁月さんが冷ややかな怒りを湛えてひとりごつ。

「拓朗はいいとして、莉真はとばっちりを受けただけってことか」

「おい」

ツッコむ城戸さんに構わず、暁月さんは江口さんに一歩近づき鋭い視線を突き刺す。

「莉真の旦那は俺だ。随分と妻に迷惑をかけてくれたようで」

口調は落ち着いているものの怒りがひしひしと伝わってきて、江口さんが息を呑むのがわかった。

「妻だけじゃない。あなたの子供じみた理由で、何人振り回されたと思ってる？　私欲のためだけに、誰かの生活を一変させるほどのことをしようとしていたんだぞ。あなたこそ自分を見つめ直すべきだ」

　次第に声に怒気を含ませて非難する暁月さんに、江口さんはぐっと唇を結んで黙り込む。おもむろに立ち上がって悔しそうにしながらも私たちに向き直り、「申し訳ありませんでした」と深々と頭を下げた。

　謝罪をする彼を、望さんは憐れむように見ている。

「今回の件は、彼ときちんと向き合えていなかった私のせいでもあります。本当にすみませんでした」

　彼女も頭を下げた瞬間、江口さんはさらに肩を落としたように見えた。きっと、彼が望さんを好きな気持ちは本物だったのだろう。

　騒動の全容がわかった安堵から、私も肩の力が抜けていった。

　内輪だけで解決したため、江口さんはお叱りを受けただけで済んだ。とはいえ、婚約は完全に解消されるだろうし、人事部長様にも目をつけられてしまったので、ダメージは少なくないはず。

　望さんたちが会議室を出ていった後、暁月さんがお義父様を見つめて確認する。

「これで莉真たちもお咎めなしだよな？」

「……ああ。まるでお前たちの同窓会を見ているようだったが」

会議資料を手にして腰を上げた彼は、ほっとしてため息交じりにそう言った。

しかし、同じく立ち上がった城戸さんがニッと笑みを浮かべて「俺と望のこと覚えていてくれたんですね。暁月のおじちゃん」と茶化すので、いたたまれなさそうにしている。

そうだ、幼馴染の三人なのだからお義父様も昔から知っているんだよね。皆が気を遣わずにここで話せていたのは、そのせいもあったんだなと気づいた。

お義父様はひとつ咳払いをして、真面目な表情に戻って話し出す。

「今回の件は彼の身勝手な理由が原因だったが、私も反省している。不倫疑惑が持ち上がってどうするのかは、暁月と莉真さんの夫婦の問題で、私が立ち入ることではなかったな」

彼の控えめな様子に、暁月さんは意外だと言いたげな顔をした。

おそらく、お義父様が自分の経験と重ねて私を許せなかったのは確かなのだろう。その気持ちもわかるから離れようかと考えたけれど、許されるならもちろん暁月さんのそばにいたい。

「お義父様は、本当に暁月さんを心配していたんですよね。私生活にも、仕事にも悪影響が出るんじゃないかって。私は絶対に彼を裏切りませんから、ご安心ください」

まっすぐ目を見て伝えると、お義父様は注意して見ていないとわからないくらい小さく頷き、窓の向こうの滑走路に顔を向ける。これは照れ隠し……かな？

ちょっぴり人間味が出てきた彼にほっこりしていると、城戸さんも口元を緩めて暁月さんに言う。

「昨日の無線が壊れた時も、相良さんだいぶ心配してたんだぞ。暁月のこと」

ぴくりと反応するお義父様の眼鏡が輝く。確かに、トラブルが起きた時の彼は珍しく動揺していたのが見て取れたので、私も頷いた。

暁月さんは戸惑いを露わにしてお義父様を見つめる。

「俺がパイロットになって、妬ましく思っていたんじゃないのか？」

問いかけられ、お義父様は飛び立っていく飛行機を眺めながらゆっくり話し出す。

「正直、最初は妬ましかったし羨んだよ。自分が叶えられなかった夢を子供に託そうと思えるような男じゃなかったからな、私は」

しかし、暁月さんに目線を向けた彼からは、いつになく穏やかで優しい雰囲気が漂っている。

「いつまでも干渉してはいけないと自覚していたから見守ることにしたが、パイロットとして活躍する姿を見ているうちに、自然に嬉しい気持ちが湧くようになっていた。

昨日も、トラブルが起こっても冷静に対処したお前を誇らしく思った」

彼の口から温かい言葉が出るのが意外だったのか、暁月さんは一瞬呆気に取られたような顔をする。目を逸らして「今さら父親らしいこと言って……」と呟いていたが、たぶん彼も照れているのだろう。

ふたりの親子関係が少し柔らかくなってきたように感じていると、お義父様がさらに続ける。

「ついでに〝らしいこと〟を言わせてもらうと、暁月と莉真さんは公私共に強い信頼関係が築けているんだとわかったよ。今回の件と、昨日のＨＡ479便のトラブルで」

キョトンとする私たちに、彼は「偶然私の知り合いが乗っていたらしくてな」と説明する。

「しばらく空中待機したこと以外、なにも異変は感じなかったそうだ。まさか無線が故障していたとは思わなかっただろう。それだけ、君たちのおかげで通常通りに飛べていたということだ。信頼し合っていなければ、なかなか難しい」

それは、昨日の対処をした私たちにとって最高の褒め言葉だと思う。乗客を不安にさせることなく目的地に送り届けてこそ、責務を果たしたと言えるのだから。

お義父様は私と城戸さんを交互に見やり、わずかに口角を上げる。

「暁月の言った通り、ふたりともなくてはならない人材だな。いつもありがとう」

思いがけず感謝され、私たちは目を合わせた後、口元をほころばせて頭を下げた。


マンションに帰宅して夕飯を食べ終わった今、洋梨のいい香りのするバスオイルを加えた湯船に浸かっている。暁月さんと一緒に。

これまで何度も裸は見せてきたけれど、ふたりでお風呂に入るのは初めて。緊張が相まってすぐのぼせてしまいそうだから気をつけないと。

大きな窓から空に浮かんでいるような気分で夜景を眺めていると、次第に鼓動も落ち着いてきて、満たされたため息をつく。

「よかった……まだしばらく一緒にいられそうで」

本音をこぼすと、後ろから暁月さんが腰に手を回して言う。

「写真の件、どうして俺に言わなかったんだ？　拓朗との関係を疑われると思った？」

「いや、そうじゃなく……！」

「だよね。疑う余地もないくらい、君は俺を好きなんだから」

自信たっぷりに微笑まれ、ぐうの音も出なくなった。ちょっと悔しいけれどその通りだ。

濡れた髪を掻き上げた彼も色気がありすぎて直視できず、前を向いて隠していた理由を説明する。

「暁月さんなら差出人を捜して、あの要求を撤回させることくらいはするんじゃないかなって思ったんです。その予想は当たってましたね。さすが裏番長」

「莉真までそんな風に言わない」

じとっとした視線を感じてクスクス笑いつつ、話を続ける。

「そうなったら勉強に集中できなくなるだろうし、お義父様との関係も悪化しちゃいそうで嫌だったから。でも、最初からちゃんと本音を話せばよかった。暁月さんはこれだけで影響を受けるような弱い人じゃないって、わかりきっていたのにね」

バカだなと反省して「ごめんなさい」と素直に謝った。暁月さんは眉を下げて微笑み、私を包み込むようにして背中にぴたりとくっつく。

「人を思いやれる優しい莉真も大好きだけど、大事なことを忘れてる」

「なに？」

「君がそばにいれば、俺はこれ以上ないくらい幸せだし何倍も頑張れる。離れたほうがいい、なんてことはありえないんだよ」

優しく諭すように言われ、胸が温かくなる。うん、と頷いてキスを交わし、これからもできる限り一緒にいようと心に誓った。

軽い口づけが濃密になって理性が溶けてしまう前に、近い将来について話し合う。子供がいない今のうちに異動しておくのもアリかもしれない、と少し思ったという話をすると、暁月さんも考えを巡らせていた。

「子供に関しては確かに悩みどころだけど、異動したとしてもその後どうなるかはわからないだろ。また遠いところに飛ばされたら困る」

「ですよね。子供ができたら異動を考慮するって会社は公言しているし、やっぱり二年以内に妊娠できたらベストかな。でも、今はまだふたりの時間を楽しんでいたい」

「そうだな、せめて一年くらいは」

具体的な話をするとロマンチックな雰囲気は薄れるけれど、夫婦にとって大事なことと。フライトプランを作るみたいに、しっかりとした安心感が得られるな。

……なんて思っていたら、身体を向き合わせた暁月さんは、情熱的かつ色っぽい瞳で私を見つめてくる。

「じゃあ、赤ちゃんを作るのはおあずけで。今は、君を愛することに全力を注ぐ」

甘い声が響き、どっくんと心臓が大きく跳ねた。

再び唇を重ね、胸を優しく揉まれるとすぐにスイッチが入ってしまう。あっという間にとろけさせられ、浴槽の縁に座らされた私の脚の間に暁月さんが顔を埋める。

波打つお湯だけでなく、舌と指で溢れ出る蜜を掻き混ぜる音がバスルームに響き、羞恥心は煽られるばかり。

「は……っあ、も、やめ……ッ」

「いやらしいね、音も声も。耳まで犯されてる気分になるだろ」

挑発的な上目遣いで言われ、お腹の奥がさらに疼く。恥ずかしくてたまらないのに、身体は悦んでいるのだからどうしようもない。

指の動きが激しくなった途端、一気に高みへ連れられていき全身が震えた。暁月さんは湯船からザバッと上がり、脱力して肩で息をする私を抱きしめる。

「……このまま挿れて、君を直に感じたい」

少々切なげな吐息交じりの声が耳元で囁き、一度治まったはずの熱があっさりぶり返しそうになる。子作りはまだ先にすると話したばかりなのに、私も彼が欲しくなってしまう。

欲情している自分に背徳感を覚えるも、彼は濡れた唇をちゅっと重ねるだけ。

「でも、今は我慢するよ。まだふたりでいろんな場所に行きたいし、君に見せたい景色もたくさんあるから」

普通の順序をすっ飛ばして結婚した私たちが、恋人気分を味わえるのも今のうちだ。すぐに子供ができても後悔はしないけれど、もう少し暁月さんの愛をひとり占めしていたい。

「うん。今は私だけを愛していて」

首に両手を回し、恥を忍んでお願いすると、彼は「可愛すぎて理性崩れそう」と困ったように笑い、もう一度私を抱きしめた。

それからベッドへ移動して、気絶するように眠りにつくまで思う存分愛し合った。

私たちの幸せな夫婦生活は、まだまだ始まったばかりだ。

祝福スカイクリアー

翌年の春、お互いの家族や上司、大事な友人だけを呼んで比較的シンプルな式を挙げ、無事に結婚一周年を迎えた。

この一年、仕事の忙しさは相変わらずだったが、ふたりで無理なく一緒にいる時間を取り、国内外問わず旅行をした。一生に一度しかお目にかかれないような景色をふたりで楽しんで、これまでで一番充実した年だったと思う。

しかし七夕である今日は、私はひとり松本に帰省している。暁月さんは生憎仕事で、二十六歳の誕生日は夜にお祝いしてくれるそう。

茜から誕生日はどう過ごすのかと電話で聞かれたのでそれを話すと、『じゃあ、昼間は私たちがお祝いしてあげるよ』と言ってくれた。私も皆に会いたかったから、ふたつ返事で承諾したわけだ。

前日、仕事が終わってから新幹線で帰り、ひと晩実家で過ごした。ほっとする味の美味しいご飯を食べながら近況報告をして、両親も変わらず元気なことに安堵した。

そして誕生日当日は、久しぶりに松本空港へ。こぢんまりとした空港に入ると、一階のロビーにある椅子にゴンさんと茜が座っていた。今日は遠野くんは半休を、茜は休みを取ったらしい。

　ふたりに会った瞬間に笑顔が広がって、「久しぶり！」と再会を喜び合う。結婚式ぶりに会ったゴンさんは、強面を崩したドヤ顔で私に言う。

「降旗、誕生日おめでとう。どうだ、今年は覚えてたぞ」

「茜から聞いてたんでしょう。でもありがとうございます」

　呆れて笑ってしまうけれど、こうして会ってくれていることが嬉しい。まあ、彼がわざわざ北海道から来るのは、私だけじゃなく皆に会うためなのだけど。

　ゴンさんと並ぶと余計に華奢に見える茜が、にこにこしながら包装された箱を差し出す。

「莉真、おめでとう。色気皆無のマッサージガンでーす」

「あー欲しかったやつ！　ありがとう〜！」

　喜んでプレゼントを受け取った時、遠野くんが「ゴンさん莉真さん、お久しぶりっすー」といつもの元気さでやってきた。この場所で皆が集合すると、働いていた時にタイムスリップしたみたい。

　しばし世間話を楽しんだ後、急に茜がかしこまった様子で私に向き直る。

「さて、莉真に大事なものがもうひとつ。旦那様からのプレゼントも預かってるよ」

「え?」

旦那様……ってどういうこと?と首をかしげる私に、彼女は意味ありげに微笑んで
「はい、これ」と一枚の紙切れを差し出した。手に取ってまじまじと見るとそれは航空券で、〝アルプス遊覧フライト〟と書かれている。

「これって、チャーター便で一時間くらい遊覧飛行するっていう企画?」

「そう、莉真が東京に行ってから始まったやつね。ヒノモト航空さん主催で」

「……まさか」

旦那様からのプレゼントということは、このチャーター機に私を乗せようと? もしかして、暁月さんが操縦するの?

目を丸くして顔を上げると、茜は私の考えを肯定するようににっこり微笑んで頷いた。ゴンさんも、なんだか満足げに口角を上げている。

「もうすぐ時間だぞ。行ってこい」

「整備はバッチリなんで、楽しんできてくださーい」

親指を立てる遠野くんも知っていたみたいだ。驚きすぎて固まったままの私の肩を茜が抱いて、チェックイン機へと連れていかれる。呆気に取られている間に、彼女は

さっさと手続きを済ませていた。

「私たちは待ってるから、いってらっしゃい。ランチはその後でね」

「え、ごめん！　一時間も待たせることに……！」

「全然大丈夫。遠野くんもまだ仕事終わらないし、私はゴンさんと軽くお茶してるから。積もる話がいろいろあってさ～」

ゴンさんと積もる話が？と首をかしげるも、茜は私を送り出すように背中に手を当てる。

「だからなにも気にしないで。バースデー遊覧フライト、満喫してきてね」

信じられない気分になりながらも、笑顔で手を振る彼女に「ありがとう！」とお礼を言ってひとまず出発ロビーへと向かった。

暁月さん、遊覧フライトだなんてひと言も言っていなかった。しかも、皆と口裏を合わせていたんだよね？　予想外すぎるよ！

搭乗口からはお馴染みのエメラルドグリーンの機体が見え、パイロットの姿もはっきりとではないが確認できる。ここから見るのは初めてで胸の高鳴りを感じていると、ふと一年前に自分が言った言葉を思い出す。

『恥ずかしながら、私は実際に空からあの地域を見たことがないんです』

晩月さんはお義父様と初めて対面した時に私がそう言ったのを覚えていて、今日見せようとしてくれているのだろうか。

彼の粋なサプライズにときめきまくりながら、チャーター機に乗り込む。客層は航空ファンらしきおひとり様や家族連れ、熟年カップルまで様々だ。私は窓際の席に座り、松本空港の景色を新鮮な気持ちで眺める。

機体がゆっくり動き始め、ランプハンドリングの方々に手を振って見送られながら滑走路の端へ向かう。エンジンパワーが上がる音や振動を感じながら、心の中で〝Runway is clear.〟と呟いた。

一気に加速して無人の管制塔を通り過ぎ、ふわっと機体が浮き上がる。すっきりと晴れた空へ飛び立ち、爽やかな感動に包まれた。

空港もシエラもどんどん小さくなり、代わりにそびえるアルプスの山肌が見えてくる。思った以上に山が近くて圧倒されていた時、機内アナウンスが流れる。

《皆様、本日は遊覧フライトにご搭乗いただき、誠にありがとうございます。機長の相良と申します》

大好きな彼の声が聞こえてきて、心臓が喜ぶように跳ねた。

やっぱり暁月さんだった……！　彼が機長を務める飛行機に乗りたいという密かな

夢も叶えられ、テンションが上がって口元が緩む。

今日は普通のフライトとは違うので、アナウンスもイレギュラーだ。定期便が通常飛行する高度一万メートルより低い五千メートルで飛ぶことや、要所要所で見所の案内をするという内容が伝えられ、機内には楽しそうな声が上がっていた。

山梨県《やまなし》の甲府《こうふ》盆地を過ぎ、あっという間に富士山《ふじさん》の上空へ到達する。今日はそれほど雲がかかっておらず、上空五千メートルの近さから見下ろす富士山は圧巻だった。

その周囲をゆっくり旋回し、駿河《するが》湾を通って再び松本空港へ。次第に山脈が近くなり、その間を縫っていく飛行を体感するのは、緊張と感動でぞくりとするほどだった。

少しでも逸れたら山肌への衝突不可避なルートだというのは知っていたし、日々得られる情報から想像してパイロットにアドバイスをしていた。こうして実際に自分も飛んでみると、より細やかな支援ができそう。

そしてなにより、悪天候の日も安全に運航している彼らの腕を本当に尊敬する。

仕事をする上でもとてもいい経験になった遊覧飛行が終わりに近づき、見慣れた地元の風景が見えてきた時、暁月さんからアナウンスが入る。

《本日は七夕ですね。松本空港は標高が高く、日本一空に近い空港と言われております。一階のロビーには笹の葉が用意されていますので、お帰りになる前に皆様も願い

事を書いてみてはいかがでしょうか》

そうそう笹の葉、懐かしいな。二年前、私も【優しいコーパイさんが機長昇格試験に合格しますように】と書いたのを思い出し、ほっこりしていた時……。

《私も、〝最愛の妻が一生幸せでいますように〟と書くつもりです。願うだけじゃなく、私自身も日々努力し続けていきます》

——愛情に満ちたその言葉は、私のために伝えてくれているのだとすぐにわかった。

無線以外でも、こんな風に声を届けてくれるなんて。結婚して一年経っても変わらず愛を注いでくれることが嬉しくて、じんわりと目頭が熱くなる。

機内では「素敵～！」なんて浮き立つ声が上がるものの、私は窓のほうを向いたまま込み上げるものを堪えていた。

約一時間のフライトを終えて無事着陸し、とても満たされた気分で地上へ降り立った。記念撮影の時間も取られているようで、飛行機をバックに写真を撮ろうとする人たちが列を作っている。

私は皆が待っているので、ひと足先にターミナルビルへ戻った。到着ロビーに出て記念品をいただくと、茜がルンルンとこちらへ向かってくる。

「おかえりー！　どうだった？」

「すっごくよかった！　今日は晴天だから景色が最高」

私が興奮気味に語る感想を、茜と一緒に微笑ましげに聞いていたゴンさんは、それが一段落するとある提案をしてくる。

「せっかくだから管制塔も入ってみれば？　『降旗さんならＯＫ』って所長の許可出てるから」

「ほんとですか？　じゃあ、ちょっと行ってこようかな」

特別にもう使われていない管制塔に入れるのは得した気分だ。ゴンさんも一緒に行こうと誘ったものの、「俺は先に行ってきたから」と言うので、ひとりで向かうことにした。

事務所の皆にも軽く挨拶をした後、管制塔の最上階に上る。三百六十度、周りを見渡せるその中は機材がある程度そのままになっていて、ちょっぴり切なく懐かしい気持ちに包まれた。

羽田のフロアに慣れてしまったから、なんだか少し狭く感じる。でもやっぱりほっとするなと思いながら、まだ周りに人が集まっているチャーター機を見下ろした直後、バッグの中でスマホが震える。

取り出してみて、ディスプレイに表示された着信の相手の名前に目を丸くした。通話をタップして「はい」と出ると、聞き慣れた声が聞こえてくる。

《やあ、莉真ちゃん。誕生日おめでとう》

「ありがとうございます、城戸さん！」

この場所で彼の声が聞けるなんてすごいタイミングだし、感慨深くて表情がほころんだ。

《楽しめた？　遊覧フライト》

「ええもう、おかげさまで……って、もしかして城戸さんが交信してました？」

《そうだよー。君たち夫婦のためと言っても過言じゃないよー》

「棒読み」

思わずツッコんでしまったけれど、暁月さんと城戸さんがやり取りしていたというのもまた嬉しくなる。実は信頼し合っているふたりだから。

城戸さんは今年の春から新千歳空港へ異動し、ゴンさんと一緒に働いている。一年前の不倫疑惑騒動があった時、実は『自分が異動するから降旗さんはそのままにしてほしい』と、お義父様に交渉していたらしいのだ。

『新千歳は本当に人が足りないみたいだし、なにもなくても俺もそろそろ異動になるだろうから、辞令はいつでも受けるって言っておいたんだよ。莉真ちゃんからも離れて、けじめつけないとね』

辞令が出た時、ちょっとだけ寂しそうに笑ってそう話していて、私も複雑な気分になった。でも、城戸さんはどこに行ってもできる人だし、やっぱり女性陣に大人気らしいので、良縁に恵まれるといいなと願っている。

「今日私が乗るって、城戸さんも知ってたんですね」

《ああ、ゴンさんから聞いてた。暁月もそんなことができるようになったんだねぇ》

感心している彼に同感だけれど、ゴンさんが私以外のいろんな人に今日の話をしていたことが判明して面白い。私に近い人が皆彼と仲よくなっていくのもすごいな。

《北海道もすごくいいところだから、莉真ちゃんもいつでもおいで》

「私はまだちょっと遠慮しておきます」

《つれないなぁ》

口調から彼がむくれているのがわかってクスッと笑った。私が断るのは百も承知だったくせに。

あれから女性に対する職場のサポート体制もさらによくなり、育休が明けてしばらくは同じ事務所内での異動に留められるようになったらしい。勤務地が変わる心配は今のところないので、気持ち的にも安定して仕事ができている。

「でも、いつかまた一緒に働きたいです。城戸さんは、いつまでも私の憧れの先輩だから」

十数年前と変わらない管制塔からの景色を眺めながら、素直な気持ちを伝えた。電話の向こうで、城戸さんはきっと嬉しそうに微笑んでいるだろう。

《ありがとう。いい後輩を持って幸せだよ》

優しい声が聞こえてきて、少し胸がじんとした。焼け焦げたはずの城戸さんとの思い出は、今では綺麗に修復されて大切に残り続ける。

電話を終えた直後、背後でガチャリとドアが開く音がした。ゴンさんが呼びに来たのかと思い、ぱっと振り向く。

「あ、すみません長居して――」

視界に映った人の姿に、私は目を見開いた。麗しい立ち姿でこちらに微笑みかけるのは、パイロットの制服に身を包んだ旦那様だ。

「暁月さん⁉」

「莉真、誕生日おめでとう」

今会えるとは思わなかったから大きな喜びが込み上げて、彼に駆け寄りその胸に飛び込んだ。

「ありがとう……！　まだ仕事中なのに、ここにいていいの？」

「今日はわりと時間あるから。と言っても、会っていられるのは数分だけど」

夜も会えるのに、数分のためにわざわざ来てくれる彼が愛おしくて仕方ない。制服姿も、何度見ても魅力的すぎて萌えてしまう。

逞しい胸に抱きついたまま、甘えるように彼を見上げる。

「びっくりした。まさか遊覧フライトをプレゼントされるなんて」

「ちょっと思いついてゴンさんに話したら、なんか皆協力してくれることになって。今も『管制塔ならふたりになれる』って言うから」

「ゴンさんって、そんなに気の利く人だったっけ？」

北海道へ行ってなにがあった？と思うほどの彼の計らいに驚く私に、暁月さんはクスクスと笑う。

「莉真は皆に愛されてるな。まあ、一番愛しているのはもちろん俺だが」

私の髪を優しく撫でる彼の甘い言葉がくすぐったいけれど、自分でもつくづく周りの人に恵まれていると思う。

「ありがとう。暁月さんのアナウンスも本当に嬉しかった」

「毎年、七夕には同じことを願うよ。君の幸せが俺の幸せだから」

慈愛に満ちた笑みを浮かべる彼に、胸が温かくなる。誰にも本気にならず、結婚にも夢を抱いていなかった暁月さんが、こんな風に思うようになったなんてね。

「私も同じ気持ちだけど、もうひとつ願い事ができたの」

小首をかしげる彼に微笑みかけ、お腹にそっと手を当てる。

「後で短冊に書いておくね。〝赤ちゃんが無事に生まれますように〟って」

「……え？」

暁月さんは、すぐに理解できなかったのかぽかんとする。口に出すとだんだん恥ずかしくなってきて、照れ笑いを浮かべて「予定日は三月だって」と告げた。

実は私もサプライズで報告しようと考えていたのだ。つい先日、明らかになった妊娠を。

結婚記念日を境に避妊をやめて自然に任せていたのだが、新しい命が宿っているとわかった瞬間は感動で震えた。私たちの、唯一無二の宝物ができたんだもの。

暁月さんはみるみる目を見開き、私をもう一度ぎゅうっと抱きしめる。

「莉真……！　やばい、想像以上に嬉しい」

抑えきれない感動と興奮が滲み出ていて、喜んでくれているのがひしひしと伝わってくる。こんなに感情を露わにする彼は珍しく、こちらまでとびきり幸せな気分になった。

ところが、彼は急に私の両腕を掴んでパッと身体を離す。

「飛行機、乗って大丈夫だったのか？」

「大丈夫。体調は全然問題ないから」

「それならよかった……。でも、本当に無理しないでくれよ。君たちになにかあったら耐えられない」

一気に過保護になる旦那様が可愛くて、私はあははと笑ってしまった。

落ち着きを取り戻した暁月さんは、その瞳に私だけを映して口を開く。

「俺に、たくさん幸せを教えてくれてありがとう」

真摯に感謝を伝えてくれる彼に、私は謙遜して小さく横に首を振った。

暁月さんを幸せにしてあげたいと思っていたけれど、私のほうが彼の大きな愛に包まれている気がするから。

「その言葉、そっくりそのままお返しします。でも、まだまだ足りないよ」

私たちが得られる幸せはこんなものじゃない。そんな意味を込めてニッと口角を上げると、彼もそれを察して頬を緩める。

「そうだな。これから先も、きっとこの子が教えてくれる」

そっと私のお腹に触れる彼を見上げ、こくりと頷いた。三人での生活も、愛に溢れた素敵なものになるに違いない。

熱い視線を絡ませた私たちは、どちらからともなく唇を寄せた。

ふたりきりの管制塔の向こうには蒼穹が広がっている。嵐が来ても、大雪に見舞われても、あなたとなら飛んでいける。晴れ渡る今日の空のように、明るい未来を目指して。

End

特別書き下ろし番外編

必然エンジンスタート

筆で薄く伸ばしたようなすじ雲が浮かぶ秋空の下、北海道の豊かな自然の中にあるおしゃれなレストランのガーデンに祝福の声が響き渡る。

たった今、黒のタキシードに身を包んだ新郎と、彼の腕に手を絡ませたプリンセスラインのウェディングドレス姿がとっても美しい花嫁が人前式を終えたところだ。

ふたりの姿に感動して写真を撮りまくる私の足元には、ドレスアップした二歳半の娘の珠里《じゅり》がくっついている。彼女もつぶらな瞳を輝かせて、私の親友を見上げていた。

「茜、おめでとう！」

「あかねちゃん、きれーい」

「ありがとう、莉真！　珠里ちゃんも可愛いよ～」

心の底から幸せそうな笑顔を私たちに向ける茜。彼女がやっとこの晴れの日を迎えられて、私も本当に嬉しい。

今日のレストランウェディングに招待されたのは、新郎新婦の家族と親しい人だけ。カジュアルな式なのでふたりとの距離も近いし、ガーデンは開放的で清々しいし、子連れの私たちも気を遣いすぎなくて助かる。

アットホームな雰囲気の中、茜の隣にいるのは以前付き合っていた彼氏、ではなく……。

「ゴンさんカッコいい〜」

「よっ、コワモテ！」

「お前ら後で覚えとけよ……」

冷やかす私に続いて遠野くんがかけ声をかけると、新郎である彼は綺麗に髭を剃った口元を引きつらせた。

なんと茜の運命の人は、まさかまさかのゴンさんだったのだ。

約四年半前、彼が北海道へ行ってからというもの、茜は心にぽっかり穴が空いてしまったらしく、実はしばらく落ち込んでいたのだと後になって聞いた。離れて初めてゴンさんへの気持ちに気づいたのだそう。

当時付き合っていた彼氏とマンネリ状態が続いていたのは、そのせいでもあったのだ。彼との付き合いを完全に解消してから、ゴンさんに告白したらしい。

とはいえ、恋愛も結婚もする気のなかった彼からすぐにＯＫがもらえるはずもなく、しばらくはどっちつかずの関係だった。

とりあえずお試し交際をすることになったのは、私が遊覧フライトをプレゼントしてもらったあの日。ふたりから打ち明けられて、ひっくり返りそうになるほど驚愕した。あの時茜が『積もる話がある』と言っていたのは、それについて話し合っていたのだ。

それからしばらくして正式な恋人になり、ついに夫婦になった。ゴンさんもよく決断したなと思うけれど、茜はとてもいい子だし可愛いし、落ちても不思議じゃない。

彼にとっては二度目の式を挙げることにしたのも、すべて茜のため。最初は長野で行うつもりだったが、茜の家族が『どうせなら北海道に行きたいよねぇ!?』と盛り上がってしまい、こちらにしたのだそう。

なので、私たちもはるばる北の大地へやってきたというわけだ。昨日は札幌《さっぽろ》観光もしたし、素敵なふたりの晴れ姿も見られたし、非日常感たっぷりでとても楽しい。

髭を剃ると一気に若々しくなるゴンさんを、妻となった茜がうっとりして見上げる。

「本当にカッコいいよ、ゴンさん」

語尾にハートをくっつけて言う彼女はとても愛らしい。周りの私たちまでにんまりしてしまうのだから、旦那様はなおさらのろけたいだろう。

「茜もかわ……か……お、お前ももう〝ゴンさん〟だろうが!」

「ごまかしたー」

耳まで真っ赤にして〝可愛い〟と言いかけたゴンさんに、茜がけらけらと笑う。私もほっこりしながら、最愛の旦那様と顔を見合わせて破顔した。

ブラックスーツに光沢のあるネクタイとポケットチーフを忍ばせた私の旦那様も、もちろん素敵。珠里が生まれてからは子育てにも奮闘してくれて、パパとしても最高の男性だ。

珠里の名前も、フォネティックコードでJを表す〝ジュリエット〟から取った。これには私の父がすごく喜んでいたし、お義父様も孫に会うと笑みを見せるので、娘は皆に幸せを与えてくれる天使だ。

そんな彼女は、先ほど結婚の承認の時に使ったシャボン玉を吹いて遊んでいる。虹色のそれがふわふわと浮かぶ中、わが子の頭を愛しそうに撫でる暁月さんに私も寄り添って感慨に浸る。

「まさかゴンさんと茜が結婚するとはなぁ」

「年の差十六歳だっけ。でもお似合いだよな」

「うん！　今ではこの組み合わせしか考えられないってくらい」

バンケットルームへ移動していくふたりを眺める私に、左隣にいた遠野くんが言う。

「年の差もだけど、ゴンさんバツイチなのによく許しましたよね。茜さんのご両親」

「お父さんは断固反対だったらしいけど、ゴンさんとお酒飲んだら意気投合しちゃったんだって」

微笑ましいエピソードを教えると、遠野くんは「さすがだなー、あの人」と感心しながら笑っていた。それでも認めてもらうまで長い時間がかかったみたいだし、一緒になれて本当によかった。

バンケットルームでスピーチや乾杯をした後は、料理を食べたり写真を撮ったりと、思い思いに楽しむ。ガーデンにもお茶やスイーツが用意されていて、自由に行き来できるのが嬉しい。

珠里は豪華なお子様ランチをある程度食べたところでそのスイーツを食べたがり、暁月さんが連れていってくれた。

私もどんな種類があるのか見てみたかったのでガーデンに出てみると、暁月さんが珠里を抱っこしてスイーツを選んでいる。いつも見る光景なのだけれど、フォトジェニックな場所と服装のせいか、ふたりの姿が絵になっているようで眩しい。

なんだかキュンとして、愛しいふたりが話すのをしばし眺める。

「じゅりもおよめさんなるー」

「それは大人になってからね」

「なんで？」

「お嫁さんになったら、パパたちと離れちゃうから」

暁月さんのひと言に、珠里はぱちぱちと瞬きをする。そして「やだ！」と言って彼の首にぎゅっと抱きついた。

暁月さんと一緒にクスクスと笑っていると、彼がこちらに優しい眼差しを向ける。

「でも、未来の珠里の花嫁姿も綺麗なんだろうな。ママみたいに」

今でも甘い言葉をさらっとくれる彼に、胸をときめかせて歩み寄った。珠里が頭につけている少しズレたヘッドドレスを直しながら、懐かしい記憶を蘇らせて言う。

「思い出すね、私たちの結婚式」

「ああ。ウェディングドレス姿はもちろん最高に綺麗だったけど、俺の制帽を被った莉真もすごく可愛かった。ドキドキしたよ」

暁月さんがドキドキしていたなんて本当かな、と半信半疑になるも照れてしまう。

前撮りをした時、ふわっとしたAラインのドレスにパイロットの制帽を合わせて撮ってみた。パイロット姿の暁月さんと撮りたい！という願望もあったので、いろいろなパターンを試したっけ。

その写真は今もリビングに飾っていて、見るたび幸せな気分になれる。

「暁月さんこそ、あの時も今も最高に素敵。大好きだよ」

惜しみなく想いを伝えると、彼は嬉しそうに表情をほころばせて「ありがとう」と言った。

私たちの甘い雰囲気を感じ取ったのか、珠里はパパにくっついたまま、〝もっとこっちに来て〟と言うようにもう片方の手を私に伸ばす。三人で寄り添うと、何倍にも大きくなった幸せに包まれる気がした。

その時、ひとりの男性が私たちに近づいてくる。

「はいそこー、人の結婚式でいちゃつかない」

「家族の愛を確かめ合ってただけだが」

暁月さんが余裕の表情で返した相手は、以前と変わらずイケメンな城戸さんだ。ふわっとしたアンニュイな髪、ストライプ柄のスーツ姿、どれも目を引くのは暁月さんと同じ。

彼は今も新千歳空港で働いていて、ゴンさんとも仲よしなのでこの場に呼ばれている。久々に会えて嬉しいけれど、口にすると旦那様が嫉妬してしまうので内緒にしておく。

城戸さんは私の肩もしっかりと抱いている暁月さんを見て、呆れ気味の笑みをこぼした。

「さっきから暁月が目をとろけさせて莉真ちゃんを見てるのバレバレだよ。奥さんの可愛さを堪能するのは夜にして、今は料理を堪能しなさい」

「もう酔ってるんですか、城戸さん……」

私は苦笑しつつ、変な言い回しをするんじゃない、と心の中でツッコんだ。

今夜はたぶん健全に寝ますよ。昨夜、旅先ということもあって珠里が寝た後にたっぷり愛し合いましたから……。という破廉恥な本音も、もちろん胸に留めておく。

城戸さんはにっこりと微笑み、珠里に向かって両手を差し出す。

「おいで、珠里ちゃん。一緒に遊ぼ」

「うん！」

今日会った時からこうやってずっと構ってくれるので、人懐っこい彼はすっかり珠里のお気に入りだ。しかし、暁月さんが仏頂面になってわが子をぎゅっと抱きしめる。

「お前に娘はやらない」

「暁月たちにゆっくりご飯食べさせてあげよう、っていう俺の気遣いに気づいてくれる？」

娘を取られないように守る暁月さんと、据わった目をして口の端を引きつらせる城戸さんに噴き出してしまった。ふたりは今も、この通り仲よしでほっこりする。

腕から解放された珠里は、さっそく城戸さんに飛びつく。手を取ってエスコートされてとても嬉しそう。

「さあ、姫。スイーツを食べますか？　それともなにかして遊ぶ？」

「たんけんするぞ！　うまになれ、キドタク！」

「なんて横暴なお姫様……！　変なあだ名吹き込まれてるし」

ふたりのやり取りが面白くて、私も笑ってばかり。さっきから暁月さんが「あいつの名前はキドタクだよ」と教え込んでいたせいで、歌って踊れるイケメン俳優さんみたいになっている。

珠里たちがガーデンのあちこちを楽しそうに散策し始めたので、お言葉に甘えて私たちも食事の続きをさせてもらうことにした。微笑ましい彼らを眺め、室内に戻りながら言う。

「城戸さんも子供の扱いがうまいなぁ。さすが新米パパ」

新千歳へ異動して約三年半が経ち、城戸さんにも大切な人ができて二カ月前に男の子のパパになったのだ。

まだ赤ちゃんが小さいので式には参列していないが、奥様になった女性も年下の運航情報官で、さらにバツイチらしい。きっといろいろな話で意気投合して結婚に至ったのだろう。ふたりも巡り会うべくして巡り会ったのかもしれない。

城戸さんのお母様は、以前彼が離婚した時に反省したらしく、再婚には口出ししなかったようだ。彼もようやく縛られなくなったんじゃないだろうか。

幸せそうな彼に、暁月さんも安心した様子だ。

「もう莉真に迫ることはなさそうでよかったよ」

「まだ心配してたの？」

「拓朗だけじゃなく、普通に心配する。君はなにもしてなくても可愛いんだから」

彼の留まるところを知らない甘さには呆れてしまうほど。けれどまったく飽きはしなくて、今もただただ照れるだけだった。


盛り上がった披露宴も終わり、茜とゴンさん、城戸さんとも別れを惜しみつつさよならをした。珠里が城戸さんにべったりでなかなか離れようとしなかったのには、暁月さんがショックを受けていたけれど。

遠野くんも異動となり、勤務先は松本空港ではなくなったものの長野県内にはいるので、帰りの便は私たちとは別。彼とも笑顔で別れ、私たちは東京へ向かうヒノモト航空の便に乗った。

この便にはなんと、奇跡的なタイミングで望さんがCAとして乗務している。搭乗する時に顔を合わせてお互いに驚愕した。

時々食事をする仲になった望さん。以前より長くなった髪を綺麗にまとめていて、機内サービスの際にこっそりいつもの彼女の態度に戻って気さくに話してくれる。

「びっくりしたわ、あなたたち家族と会うなんて。あっくんがお客様になってるなんて、すっごく変な感じ」

「そうだな。なにかあったら俺が操縦代わるよ」

「なにも起こりません」

茶化し合うふたりに私もクスクスと笑う。平然と話しているけれど、万が一この機体にトラブルが起きた時には暁月さんも対処できるのだから、改めてすごいなと思う。

望さんは、私にコーヒーを差し出して問いかける。

「その格好は結婚式かなにか？」

「はい、旅行も兼ねて。城戸さんとも会いましたよ」

「そうなんだ！　拓ちゃん元気だった？」

「相変わらずでした。奥様と子供ひと筋になったみたいですけどね」

いたずらっぽく笑って答えると、彼女は満足げに頷く。

「よかった、皆幸せそうで。私も早くこの子に会いたい」

さりげなくお腹に手を当てる望さん。実は彼女、一年付き合ったグランドスタッフの恋人との間に赤ちゃんができたことがわかり、先月入籍したのだ。現在は妊娠四カ月で、問題がない限りはもう少し働くのだそう。

旦那様になった彼は照れ屋さんで、念入りにプロポーズの準備をしていた最中に妊娠が発覚したらしく、望さんは『結局赤ちゃんに背中を押された感じよ』と笑っていた。彼女が政略結婚ではなく、心から愛し合った人と一緒になれて本当によかった。

私たち夫婦も、城戸さんや望さんも、自分を変えようと一歩踏み出すことで幸せを掴んだ。約四年半前のあの頃は、皆にとっての大きなターニングポイントだったのだろう。

そんな風に思いを馳せながら、暁月さんと一緒に彼女と赤ちゃんの無事を願う。

「身体、大事にな」

「生まれたら子供たちも一緒に遊びましょう」

「ありがとう。珠里ちゃん、よろしくね」

目線を合わせて微笑む望さんに、珠里はなんのことかわかっていなさそうだが「うん！」と元気に返事をしていた。

彼女が仕事に戻っていった後、珠里は今しがたもらったプレゼントでさっそく遊び始める。

ヒノモト航空では子供はプレゼントをもらえて、三種類の中から選べるようになっている。望さんは『ぬいぐるみがいいかな？』と呟いていたが、珠里が選んだものはヒノモト航空のロゴがついた可愛いリスのぬいぐるみではなく、組み立てられる飛行機のミニチュアだった。

真剣に胴体や翼をくっつけているのを見守りながら、暁月さんと小声で話す。

「珠里は女の子が好きそうなものを選ばない時が多いよね」

「さっき拓朗と遊んでた時も、お姫様じゃなくて騎士？旅人？になってたしな」

そう、彼女はおままごとより探検が好きだし、ぬいぐるみやアクセサリーより乗り物のおもちゃを欲しがったりする。今日着ている可愛らしいパーティードレスにも、あまり興味はないようなのだ。

おめかしさせて楽しんでるのは親のほうなんだよな……と自分に苦笑していると、暁月さんが珠里の頭を優しく撫でて言う。

「でも、この子には自由にやりたいことをやらせてあげたい」

自分のような思いを子供にはさせないと決めている彼だが、お義父様との関係は年々良好になってきている。好きなことをしてほしいのは私も同意見なので、「そうだね」と頷いた。

北海道から東京までは一時間半ほどで着いてしまう。トラブルなどはなにもなく、順調に飛行して羽田空港を目前にした時。

「パパ、あれやって」

ずっとミニチュアで遊んでいた珠里が、突然暁月さんにそう言った。なんのことかすぐに察したらしく、彼は口角を上げ「ラジャー」と返す。

離着陸の時にコックピットで必ず行われるコールがあるのだが、行きの飛行機の中でそれをやってと私が暁月さんにお願いしたら、珠里が気に入ってすぐに覚えてしまったのだ。今、またそれをやってほしいらしい。

景色がだいぶ降下してきたところで、副操縦士になりきる暁月さんが控えめな声でコールする。

「アプローチング・ミニマム」

「ちぇっく！」

珠里も控えめに、でも楽しそうにコールを返した。数秒後にもう一度。

「ミニマム」

「らんりん！」

可愛い機長の声に、私たちは笑いながら悶絶してしまった。本人は〝ランディング〟と言っているつもりなのだが、舌足らずでキュンとする。

どんどん滑走路が近づいてくる中、暁月さんに顔を寄せて囁く。

「将来は女性パイロットになるかも」

「そうなったら最高だな。天澤さんの気持ちがよくわかった」

嬉しそうにする彼は、娘と一緒に飛行機を飛ばす未来を想像しているのだろう。いつか本当にその時が来るかもしれない。

無事に着陸した振動を感じるのとほぼ同時に、私たちの話が聞こえていたらしく珠里がこちらを見上げて言う。

「じゅり、キドタクのおよめさんなるー」

まさかの宣言に、私たちは目をしばたたかせた。

将来の夢は、女性パイロットではなく城戸さんのお嫁さん⁉　こういうところは乙女なのか……！

「嘘だろ……初恋の人がママと一緒だなんて」

口元を片手で覆って呟くパパにはドンマイとしか言えない。でも、私にとってはあの恋があったからこそ、暁月さんをとても大事に想えるのは確かだ。

「きっといつか、それとは別物の大きな愛を見つけるから。私みたいに」

耳打ちすると、ショックを受けていた彼はこちらに目を向け、ふっと笑みをこぼした。落ち込んでいたかと思いきや、一瞬で扇情的な色気を漂わせる。

「早くキスして思いっきり抱きたい。俺のことしか考えられなくなるようにね」

骨張った指でさらりと髪を搔き上げられ、今度は私が甘い声で耳打ちされて、全身が熱くなった。娘に内緒でただの男女に戻るひと時が、なんだかドキドキする。

それと同時に、私たちの関係が始まった遠い雪の日を思い出す。唇を奪われたあの時から、私はずっとあなたしか見えていないよ。

ふたりきりの世界に、これからも大切な宝物が増えていく。その幸せを感じながら、私たちは三人で手を繋いで帰途についた。

End

あとがき

本作をお読みくださった皆様、ありがとうございます！　葉月りゅうです。

「俺様パイロットは契約妻を容赦なく溺愛する【極上悪魔なスパダリシリーズ】」を執筆した後、早くまたパイロットヒーローを書きたい！と思い続けて約二年、やっと二作目を書くことができました。

契約結婚とも偽装結婚とも違う、幸せな家庭を築くために夫婦になったふたりのお話でしたが、それぞれが新たな一歩を踏み出す物語でもありました。どのキャラも自分を変えるためにもがいて、幸せを掴めたかなと思っています。

中でもキドタクがお気に入りなのですが、最初の原稿ではヒーローを食ってしまいそうな勢いだったので修正しました（笑）キドタクルート作りたかった……。

舞台のひとつにした松本空港は、私自身の地元の空港であり大好きな場所です。離着陸や駐機スポットを間近で見られ、パイロットはよくお手振りをしてくれます。

ここは昨年から実際にリモート管制に切り替わっており、管制塔に人がいないと知った時は驚きました。どんどん進化していく航空業界で働く方々、本当に尊敬します！　生まれ変わったら空港で働きたいです。切に。

……その前に、早く飛行機に乗れって感じですが（いまだに未経験。泣）

また、「俺様パイロット～」をお読みくださった方への感謝も込めて、そのキャラたちを友情出演させてみました。もちろん皆幸せにやっています。

ちなみに彼らが暮らすマンション、実は自作のS系外交官も住んでいるんですよ。書籍をお持ちの方は確認してみると面白いかも？　今後生み出すキャラも住まわせようと思っているので、イケメン揃いのハイスペックマンションになりそうです（笑）

最後に、担当の前田様、編集協力の森岡様、制作に携わってくださった皆々様、今作もご尽力いただき大変感謝しております。

浅島ヨシユキ先生、美麗なふたりを描いていただきありがとうございました。先生が描くパイロットヒーローも、色気がありすぎてエマージェンシーものです……！

そしてここまでお付き合いくださった読者様、本当にありがとうございました。いつか三作目の航空モノを書きたい（管制官ヒーローもいいなぁ）という野望を抱いて、これからも地道に頑張っていきます！

葉月《はづき》りゅう

葉月りゅう先生への
ファンレターのあて先

〒104-0031
東京都中央区京橋 1-3-1
八重洲口大栄ビル 7 F
スターツ出版株式会社　書籍編集部　気付

葉月りゅう先生

本書へのご意見をお聞かせください

お買い上げいただき、ありがとうございます。
今後の編集の参考にさせていただきますので、
アンケートにお答えいただければ幸いです。

下記 URL または QR コードから
アンケートページへお入りください。
https://www.berrys-cafe.jp/static/etc/bb

天才パイロットは交際0日の新妻に狡猾な溺愛を刻む

2023年8月10日　初版第1刷発行

著　　者　葉月りゅう

発 行 人　菊地修一
デザイン　hive & co.,ltd.
校　　正　株式会社文字工房燦光
発 行 所　スターツ出版株式会社
〒104-0031
東京都中央区京橋1-3-1　八重洲口大栄ビル7F
TEL　出版マーケティンググループ　03-6202-0386
（ご注文等に関するお問い合わせ）
URL　https://starts-pub.jp/
印 刷 所　大日本印刷株式会社

Printed in Japan

乱丁・落丁などの不良品はお取替えいたします。
上記出版マーケティンググループまでお問い合わせください。
定価はカバーに記載されています。

ISBN 978-4-8137-1465-1　C0193

ベリーズ文庫 2023年8月発売

『契約妻失格と言った俺様御曹司の溺愛が溢れて満たされました【憧れシンデレラシリーズ】』 皐月《さつき》なおみ・著

会社員の楓は両親からの結婚催促に辟易としていた。ある時、自分の勤める大手海運会社の御曹司・和樹と利害が一致して仮面夫婦として暮らすことに！ 周囲に偽装結婚だとばれないよう夫婦らしく過ごしていたが――「君が欲しい」ビジネスライクな関係のはずが、限界突破した彼の独占欲で愛し尽くされ…!?

ISBN 978-4-8137-1464-4／定価737円（本体670円＋税10%）

『天才パイロットは交際0日の新妻に狡猾な溺愛を刻む』 葉月《はづき》りゅう・著

運航情報官として働く莉真は、苦い初恋を引きずっている。新たな恋に踏み出せないことを敏腕機長・暁月に知られると、突然キスされた挙句求婚される！　しかも、利害の一致だけじゃない"恋愛前提"の結婚で――!?　「俺を好きにさせてみせる」甘くて時に意地悪な暁月との夫婦生活に、莉真は翻弄されていき…。

ISBN 978-4-8137-1465-1／定価726円（本体660円＋税10%）

『敏腕外科医はかりそめ婚約者をこの手で愛し娶る～お前は誰にも渡さない～』 紅《くれない》カオル・著

傷心中の七緒は、祖母に騙され嫌々見合いに参加する。相手の凄腕外科医・聖も結婚願望はなく、ふたりは偽装婚約して見合い攻撃を回避しようと画策。なのに、あれよあれよと同居までスタートすることに!?　偽りの関係のはずが、「俺だけ知っていればいい」と独占欲を露わにしていく聖に抗えなくて…！

ISBN 978-4-8137-1466-8／定価726円（本体660円＋税10%）

『令嬢エリートな航空自衛官は一途な執愛を貫く～身代わり妻なのに赤ちゃんを宿しました～』 にしのムラサキ・著

中小企業の令嬢・世莉奈は駆け落ちした姉の代わりに大手航空会社の御曹司で航空自衛官の将生と政略結婚することに。身代わり妻だという罪悪感がぬぐえない世莉奈だったが、想定外の溺愛猛攻が始まって…!?　彼の情欲孕む甘く熱い視線に世莉奈は戸惑いながらもとろとろに溶かされやがて愛の証を授かり…。

ISBN 978-4-8137-1467-5／定価726円（本体660円＋税10%）

ベリーズ文庫 2023年9月発売予定

Now Printing

『堅物外交官はかりそめ妻への情熱を抑えきれない』 砂川《すながわ》雨路《あめみち》・著

弁当屋勤務の菊乃は、ある日突然退職を命じられる。露頭に迷っていたら常連客だった外交官・博巳に契約結婚を依頼されて…!? 密かに憧れていた博巳からの頼みなうえ、利害も一致して期間限定の妻になることに。すると——「きみを俺だけのものにしたい」堅物な彼の秘めた溺愛欲がじわりと溢れ出し…。

ISBN 978-4-8137-1475-0／予価660円（本体600円＋税10%）

Now Printing

『タイトル未定【憧れシンデレラシリーズ3】』 惣領《そうりょう》莉《り》沙《さ》・著

食品会社で働く杏奈は、幼馴染で自社の御曹司である響に長年恋心を抱いていた。彼との身分差を感じ、ふたりの間には距離ができていたが、ある日突然彼から結婚を申し込まれ…!? 建前上の結婚かと思いきや、響は杏奈を蕩けるほど甘く抱き尽くす。予想外の彼から溺愛にウブな杏奈は翻弄されっぱなしで…!?

ISBN 978-4-8137-1476-7／予価660円（本体600円＋税10%）

Now Printing

『タイトル未定(御曹司×身代わりお見合い)』 若菜《わかな》モモ・著

OLの紬希は友人の身代わりでお見合いに行くことに。相手の男性に嫌われてきて欲しいと無茶振りされ高飛車な女を演じるが、実は見合い相手は勤め先の御曹司・大和で…! 嘘がばれ、彼の縁談よけのために恋人役を命じられた紬希。「もっと俺を欲しがれよ」——偽の関係のはずがなぜか溺愛が始まって…!?

ISBN 978-4-8137-1477-4／予価660円（本体600円＋税10%）

Now Printing

『タイトル未定(パイロット×双子)』 Yabe《やべ》・著

グランドスタッフの陽和は、敏腕パイロットの悠斗と交際中。結婚も見据えて幸せに過ごしていたある日、妊娠が発覚！ その矢先に彼の秘密を知ってしまい…。すれ違いから何も言わず身を引いた陽和は双子を出産。約3年後、再会した悠斗に「もう二度と、君を離さない」とたっぷりの溺愛で包まれて…!?

ISBN 978-4-8137-1478-1／予価660円（本体600円＋税10%）

Now Printing

『クールで紳士なCEOは意外と独占欲が強い』 ひらび久美《くみ》・著

翻訳者の二葉はロンドンに滞在中、クールで紳士な奏斗に2度もトラブルから助けられる。意気投合した彼に迫られとびきり甘い夜過ごして…。失恋のトラウマから何も言わずに彼のもとを去った二葉だったが、帰国後まさかの妊娠が発覚！ 奏斗に再会を果たすと、「俺のものだ」と独占欲露わに溺愛されて!?

ISBN 978-4-8137-1479-8／予価660円（本体600円＋税10%）

タイトル、価格等は変更になることがございますのでご了承ください。